folio junior

Rico & Oscar

1. Mystère et rigatoni
2. Mystère et boules de loto
3. Mystère et pierres précieuses

Andreas Steinhöfel

Rico & Oscar

2. Mystère et boules de loto

Illustrations de Steve Wells

Traduit de l'allemand
par Barbara Fontaine

GALLIMARD JEUNESSE

Titre original : *Rico, Oskar und das Herzgebreche*
Édition originale publiée par Carlsen Verlag GmbH, Hambourg, 2009

Pour Lynn
Sois la bienvenue,
petit lapin en sucre.

Les habitants du 93, rue Dieffenbach

Rez-de-chaussée
Mommsen, le gardien de l'immeuble

1er étage
Berts, Julia, Massoud, étudiants
Famille Kessler (les parents et les doubles jumeaux)

2e étage
Rico (Frederico) Doretti et sa mère, Tanja

3e étage
Mme Dahling
Kiesling, mécanicien-dentiste

4e étage
Fitzke
Estermann, policier

5e étage
Famille Runge-Blawetzky (R.-B.)

Les autres personnages

Wehmeyer, instituteur du centre spécialisé où se rend Rico
Irina, meilleure amie de la mère de Rico
Mlle Wandbeck, chef des soirées loto, aux Bourdons gris
Boris, gérant du club où travaille la mère de Rico
M. van Scherten, un habitué des soirées loto

Ce que vous devez savoir, si vous n'avez pas encore lu le premier volume des aventures de Rico et Oscar : *Mystère et rigatoni*...

Toute cette histoire a commencé par une nouille (probablement une rigatoni), qu'un jeune garçon, prénommé Rico, a trouvée un beau matin au pied de son immeuble, 93, rue Dieffenbach. Son enquête a hélas vite tourné court car l'un des habitants interrogés l'a tout simplement avalée avant de le flanquer dehors. Il faut dire que Rico est un enfant « maldoué », pas tout à fait comme les autres. Mais il a un don étonnant pour remarquer les choses que personne ne voit. Comme les ombres qui semblaient se mouvoir la nuit dans l'immeuble d'en face et qui lui flanquaient la frousse. Et il avait une autre raison de frissonner : depuis plusieurs mois, Mister 2000, le kidnappeur qui enlevait les enfants contre une rançon bon marché tenait la ville en haleine.
C'est alors que Rico avait fait la connaissance d'Oscar, un garçon super doué mais aussi très angoissé, qui allait devenir son premier ami. Sauf que le jour où Oscar avait promis de venir chez lui, il lui avait fait faux bond. En fait, il avait... disparu !
Rico s'est alors décidé à tout mettre en œuvre pour le retrouver, au péril de sa vie. Après une aventure plus que mouvementée, la trêve des vacances estivales était vraiment méritée !

Mardi

La fin du monde

Le panneau indiquait Berlin. Sauf qu'une barre rouge était posée en biais par-dessus les lettres, d'en bas à gauche à en haut à droite, ou bien dans l'autre sens. La ville finissait là.

– Alors, Rico ? m'a demandé Wehmeyer. Ça te plaît par ici ?

L'air chaud vibrait sur la route goudronnée par laquelle on était arrivés. La route elle-même continuait tout droit, elle devenait de plus en plus étroite et disparaissait au loin, un trait noir.

De chaque côté se dressaient dans les champs de hauts épis de maïs, secs et décolorés. Le vent, en les traversant, faisait un bruit de vieux papier. Le ciel formait au-dessus de tout cela une voûte monumentale, comme si le bon Dieu avait retourné un énorme saladier, aussi bleu que l'eau du bain de maman quand elle y met sa mousse préférée parfumée à la mer Méditerranée grecque.

MER MÉDITERRANÉE GRECQUE : *la mer Égée. Il y a aussi de la mer Méditerranée à d'autres endroits, mais elle s'appelle autrement. Elle se jette dans l'Atlantique à un endroit qui s'appelle Gibraltar. Quelques singes sont assis sur les rochers et regardent ce qui se passe, personne ne sait pourquoi. Ils se demandent sans doute pour quelle raison la mer change de nom. C'est un drôle d'endroit.*

Normalement, je me débrouille beaucoup mieux quand c'est tout droit que quand il y a des virages et des angles, j'aurais donc dû trouver cette route super. Mais je ne la trouvais pas super. Ici, en dehors de la ville, tout était tellement vaste, tellement haut et sans fin que j'en avais le vertige. On aurait dit qu'on pouvait foncer là-dedans sans jamais arriver nulle part, jusqu'à ce qu'à la fin il n'y ait plus que des champs de maïs où on se perdrait désespérément en se faisant attaquer par des grands hamsters. Il y a deux semaines, alors que j'étais encore à l'hôpital, Berts m'a offert une encyclopédie des animaux, et dedans on les voit en photo. Contrairement à mes deux inoubliables Mollie chéries – Dieu ait pitié de leurs petites âmes de hamsters dorés adorés – les grands hamsters, ou hamsters d'Europe, sont d'énormes bêtes avec des dents meurtrières, des griffes hyper dures et de grosses bajoues. Dans chaque joue il y a largement la place pour un enfant, un petit enfant à vélo qui doit longer ces champs dangereux pour rentrer à la maison.

Je regardais les épis de maïs ondulants, la peur me faisait un peu transpirer et j'aurais bien aimé qu'Oscar soit avec moi. J'aurais eu moins la trouille et le grand hamster n'aurait pas été déséquilibré puisqu'il aurait pu mettre Oscar dans son autre bajoue.

Ah, là là là là !

J'ai pincé les lèvres et regardé discrètement par-dessus mon épaule. La moto de Wehmeyer était garée sur le bord de la route poussiéreuse. Ses chromes polis et sa peinture rouge baiser brillaient au soleil. Deux casques étaient posés sur le siège, un grand et un petit – Wehmeyer a deux fils, dont l'un n'a qu'un an de plus que moi. Sur le réservoir était écrit BMW. Berts a une Ducati, elle est beaucoup plus chic. C'était quand même sympa de la part de Wehmeyer de faire un tour avec moi au milieu des grandes vacances, même si je mourais d'envie de quitter cet endroit sinistre le plus vite possible. On aurait pu être au bout du monde.

Je n'étais encore jamais sorti de la ville, même pas en train. Et ça m'allait très bien. Trop loin de Berlin ça m'embrouille complètement, sauf s'il y a quelque chose à manger au bout de ce trop loin, par exemple à Waltersdorf. J'y suis allé une fois avec maman et Irina, chez Ikea. On avait acheté des étagères pour le salon, et pour le déjeuner il y avait des boulettes de viande suédoises. On dirait des petites crottes, mais en fait elles sont vachement bonnes. Et le dessert était encore meilleur : des gaufres suédoises formées de plein de petits cœurs, avec des cerises et du sucre en poudre dessus, comme si les cœurs avaient saigné et que des flocons de cristal avaient neigé dessus ensuite, puis…

– Rico ?

– Hm ?

– Est-ce que ça te plaît ici ?

– Oh… Oui, c'est super. Merci beaucoup de m'avoir emmené.

Wehmeyer croyait me faire un grand plaisir, c'était donc normal que je prenne un peu sur moi. En plus, c'est un instituteur, et avec les instituteurs on ne sait jamais. Ils seraient bien capables de nous mettre des notes pour une excursion à moto.

Cette excursion était le bonus promis pour mon journal de vacances. Je l'avais remis solennellement à Wehmeyer après ma sortie de l'hôpital, quand il m'avait rendu visite au 93. Et une fois qu'il avait fichu le camp avec mon journal sous le bras, j'avais réalisé qu'il allait savoir des tas de choses sur moi. Certes, tout Berlin savait déjà depuis longtemps pourquoi et comment j'avais atterri à l'hôpital. Grâce à la télévision et au journal, où je m'appelais Frederico D., et grâce à Mme Dahling, qui le racontait à tous ceux qui lui achetaient ne serait-ce que dix grammes de viande hachée au magasin Karstadt de la place Hermann. Mais dans mon journal de vacances je n'avais pas seulement écrit mes aventures avec Mister 2000, j'avais aussi raconté l'histoire d'Oscar et la mienne, comment on s'était rencontrés, comment Oscar s'était fait enlever, etc. En plus, il y a plein de choses à propos d'Ermann, parce que j'aimerais bien l'avoir comme papa, surtout depuis que je sais qu'il est policier – on se sent tout de suite plus en sécurité – et sur Mme Dahling, qui tombe de temps en temps dans le sentiment de grisaille parce qu'elle est si seule, et puis j'y ai aussi écrit que je suis dingue de Julia, qui va revenir ce week-end de ses vacances avec cet imbécile de Massoud.

On ne peut donc rien imaginer de plus indiscret.

Wehmeyer avait dû lire tout ça, depuis le temps, mais il ne m'en avait pas encore dit un mot. Qui sait ce qu'il pensait de moi, maintenant. C'était assez gênant. J'ai haussé les épaules avec embarras, tout en continuant à transpirer et à regarder droit devant. Peut-être, me disais-je, que je ferais mieux de disparaître dans ce champ de hamsters. Ou de m'enfuir à pied en direction de…

– Elle va où, cette route ? ai-je demandé.

– Vers le sud, a dit Wehmeyer.

Et puis, comme il a dû se rappeler que j'étais fâché avec les points cardinaux, il a ajouté :

– Si tu imagines le globe terrestre, le sud est tout en bas. En descendant, si tu veux.

J'ai regardé la route et j'ai trouvé que c'était n'importe quoi, si je voulais. Car on finit par arriver au pôle Sud, et là ce n'est plus la peine de descendre.

Parce que ça ne fait plus que remonter dans toutes les directions, sauf vers le sud, parce qu'il n'y a plus de place pour lui. Mais l'inventeur des points cardinaux n'avait évidemment pas pensé à ça, et maintenant c'est moi qui étais bien embêté.

Wehmeyer n'avait pas l'air embêté du tout. Il souriait et m'a dit doucement :

– C'est beau par ici, hein ?

J'ai acquiescé d'un hochement de tête. Horrible, oui. Je voulais juste partir, dans n'importe quelle direction.

– Ce calme, si loin de la ville. L'été. Un air agréable à respirer. Un autre monde. Le vent effleure les champs comme une grande main protectrice. C'est presque bouleversant, d'une certaine manière.

Je l'ai entendu soupirer, et tout à coup sa grande

main a atterri sur ma tête. Elle était aussi légère qu'un papillon. J'ai furtivement levé les yeux vers Wehmeyer. Son regard enthousiaste embrassait tout à la fois, le saladier de Dieu, la route et les grands hamsters. J'ai vu le moment où il allait se mettre à pleurer d'émotion et où j'allais devoir le consoler. Il n'aurait plus manqué que ça. Je ne suis pas un bon consolateur. Dès que je commence à consoler quelqu'un, je pleure avec.

À ce moment-là, comme s'il avait deviné ce qui l'attendait, Wehmeyer a encore poussé un profond soupir et m'a lâché :

– Tu es plutôt du genre rationnel, non ?

– C'est quoi un genre rationnel ?

– Quand on n'aime pas montrer ses sentiments.

Je voulais protester, mais il a aussitôt souri pour

montrer qu'il plaisantait. C'était d'ailleurs préférable. Car Julia a dit un jour que j'étais un garçon très romantique. Je brûlais d'envie de lui dire que c'était pour elle que j'avais le plus de romantisme, mais je n'avais pas osé.

– Et si on rentrait ? a suggéré Wehmeyer en regardant du côté de sa BMW.

– Sinon tu seras en retard à ton rendez-vous.

Ah, enfin !

En enfonçant le casque de motard sur ma tête, je me suis demandé comment Oscar se sentait sous le sien. Il a plein de peurs parce qu'il connaît trop de choses qui peuvent mal se passer dans le monde. Je suppose que la visière de son casque rétrécit simplement la portion qu'il en voit. Et la rend moins dangereuse.

J'ai grimpé sur la moto en jetant un dernier regard sur le panneau traversé d'un trait rouge, les champs de hamsters et l'horrible route toute droite, et j'aurais bien aimé que la méthode d'Oscar fonctionne aussi pour moi. Je parie que certains paysages ont déjà rendu des gens malades, ou les ont même fait mourir.

Moi-même, je ne me sentais pas bien du tout.

Wehmeyer a démarré sa bécane et on est partis en pétaradant.

Pour un garçon « maldoué » qui va dans un centre spécialisé parce que sa tête est comme un boulier de loto, le journal intime est l'invention du siècle. C'est très efficace contre les petits trous de mémoire. Pour les gros trous de mémoire, malheureusement, il n'y a rien à faire. C'est M. van Scherten qui me l'a dit. Sa chère et tendre Hannah avait commencé à perdre la mémoire vers soixante ans.

Au début, alors qu'on n'habitait pas au 93 depuis très longtemps, M. van Scherten venait tous les mardis aux Bourdons gris avec sa femme. Les Bourdons gris, c'est un club de retraités qui organise des soirées loto. Maman venait de nous les dégoter et elle aimait bien les van Scherten. Moi aussi, je les trouvais très gentils. Surtout M. van Scherten, parce que ça lui était complètement égal que je sois maldoué. En plus, il trouvait Mlle Wandbeck horrible, lui aussi. Mlle Ellie Wandbeck est la chef des soirées loto. Elle est au moins aussi vieille que notre colonne de la Victoire et quand elle se met debout sur la petite scène du foyer socioculturel elle a l'air presque aussi grande que la colonne ! Elle va pêcher les boules de loto dans le boulier avec ses longs doigts maigres et osseux, elle porte toujours des costumes noirs moulants, et quand elle parle on dirait qu'il y a plein de mites qui lui chatouillent la gorge.

– Se teindre les cheveux en noir, à son âge ! m'a dit une fois en chuchotant M. van Scherten. Quelle bonne femme atroce ! Je serais pas étonné qu'elle mange des petits garçons maldoués au petit déjeuner.

– C'est vrai ?

– Tu crois que je te mens ? Elle commence par les pieds et elle remonte lentement. Elle ouvre ta tête avec un ouvre-boîte rouillé, mais ça c'est seulement en dernier.

– Pourquoi en dernier ?

– Parce qu'il n'y a presque rien dedans. Ça vaut pas vraiment le coup, tu vois ?

Puis il a souri en me donnant une petite bourrade et je lui ai souri aussi parce que je savais qu'il s'était juste fichu de moi.

Sa chère et tendre Hannah était super, elle aussi. À chaque soirée loto elle m'apportait une barre de chocolat. Parfois, même, elle en sortait deux de son sac, mais la deuxième elle la regardait bizarrement, comme si elle n'avait pas dû être là. Moi, ça ne m'aurait pas gêné qu'elle en apporte même trois ou quatre, il y avait encore vachement de place dans son sac.

En tout cas, M. van Scherten s'est pointé un jour chez les Bourdons gris sans sa chère et tendre Hannah.

– Ma femme va de plus en plus mal, a-t-il expliqué à maman. Sa tête est un vrai gruyère, mais avec beaucoup plus de trous. Et y en a un peu plus tous les jours. De gros trous de mémoire, y a plus rien à faire. Plus rien. (Il a soupiré en prenant une grande inspiration comme s'il voulait diluer la tristesse de sa voix.) C'est ma dernière soirée ici. Maintenant, il va falloir que je m'occupe de mon Hannah à la maison. Vous comprenez ça, hein ?

Maman avait hoché la tête et caressé la main de

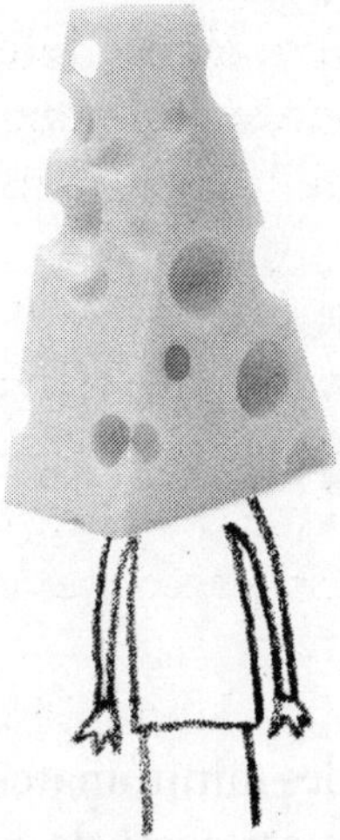

M. van Scherten avec les petites taches marron dessus, et ensuite on ne l'avait pas revu pendant très, très longtemps. Il n'est revenu qu'il y a quelques mois, mais tout seul. Sa chère et tendre Hannah était déjà morte depuis plus d'un an. De ses gros trous de mémoire.

Moi, j'avais beaucoup espéré qu'ils reviennent au loto tous les deux ensemble, une dernière fois. Pas seulement à cause de la barre de chocolat, mais surtout pour pouvoir regarder les trous dans la tête de sa chère et tendre Hannah, parce que moi aussi je me dis parfois que j'ai des trous dans la tête, puisque je ne peux pas retenir grand-chose. Mais j'arrive toujours à me souvenir de quelque chose, donc ce ne sont que de tout petits trous. Ça me suffit bien quand même. Quand je suis allé hier au supermarché Edeka pour

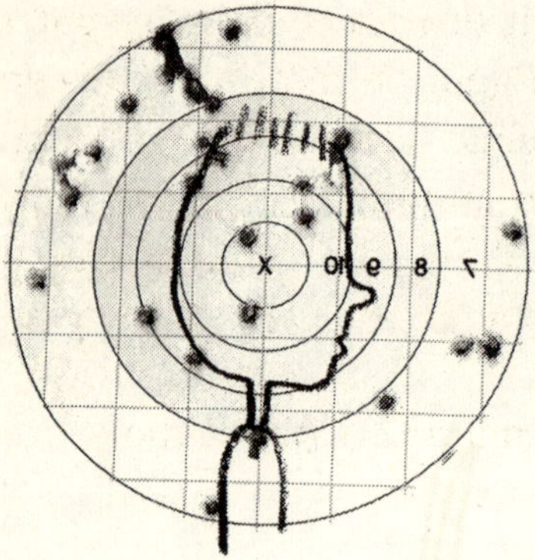

acheter des poires, des minitomates et encore un autre truc, cet autre truc est sorti de ma tête pendant le trajet. Je l'ai carrément entendu tomber sur le trottoir et exploser, et je me souviens que je me suis dit : « Si ç'avait été une pastèque, y en aurait plein partout ! » Mais les tomates et les poires sont restées dedans.

Et c'est pour que toutes sortes d'autres choses restent dans ma tête que je continue à tenir un journal. Parce que ça permet, en cas de besoin, de savoir ce qu'on a fait quelques jours avant et, avec un peu de chance, même, de savoir pourquoi on l'a fait. Après les courses, par exemple, au lieu de ranger toutes les minitomates dans le frigidaire, je les avais disposées par ordre de grandeur sur le rebord de la fenêtre de la cuisine. Maman a voulu savoir pourquoi, parce que les tomates étaient toutes ratatinées quand elle est rentrée à la maison hier, après le club. Malheureusement, je ne m'en souvenais pas.

Finalement, on en a fait une sauce pour les pâtes et la sauce n'avait pas un goût de ratatiné. Mais en y repensant, j'ai quand même décidé, hier soir dans mon lit, de continuer mon journal. Par contre, je ne vais pas le dire à Wehmeyer. Sinon il y aura sûrement encore un bonus, et la promenade à moto ça m'a largement suffi.

La fin du monde, ça ne marche pas avec moi.

Toujours mardi

Cinq boules de chocolat

Je me suis tout de suite senti mieux pendant le trajet de retour. Comme si un morceau de ciel bleu s'était glissé à l'intérieur de moi avec quelques rayons de soleil. La moto vrombissait sous mes fesses, j'avais des picotements dans le ventre et jusqu'à la racine des cheveux. Le vent frais s'engouffrait sous ma chemise en la faisant flotter, et la veste en cuir noir usée de Wehmeyer dégageait une odeur agréable, qui me donnait l'impression qu'il ne pouvait plus jamais rien nous arriver de grave dans la vie. J'avais très envie de lever les bras en poussant des cris de joie, mais je ne voulais pas me casser la figure. Je ne suis pas complètement débile, quand même.

J'avais à peine le temps de regarder tout ce qui changeait autour de nous et comment Berlin ressemblait de plus en plus à Berlin. Les prairies, les arbres et les haies ont peu à peu été remplacés par des pavillons avec de grands jardins devant. Puis les jardins sont devenus plus petits, les maisons plus hautes et de plus en plus serrées et, tout à coup, il n'y avait plus que des mugissements et des grondements, la route sur laquelle on roulait s'est divisée en plusieurs rues, les voitures vrombissaient, klaxonnaient et fonçaient dans les carrefours, les pneus des vélos chuintaient sur les pistes cyclables et les gens couraient sur les trottoirs.

Quand on s'est arrêtés à un feu rouge, j'ai remarqué un gros bonhomme à bretelles qui promenait son Jack-Russell. Le petit chien était en train de faire sa crotte sur le trottoir, juste devant une parfumerie Douglas. Sans doute que l'odeur qui sortait du magasin par la porte ouverte lui tapait sur les nerfs. Il y a toujours une odeur qui sort de chez Douglas, c'est un mélange de toutes les senteurs de ce monde, a dit Irina un jour. Ces senteurs sont collantes et nous étourdissent complètement, mais Irina pense que c'est vraiment le but et que maman et elle gagneraient beaucoup moins d'argent sans ça. Parfois, quand elles vont s'acheter de nouveaux parfums pour sentir bon et chic au club, je suis obligé de les accompagner chez Douglas. J'ai déjà regardé s'il y avait des enfants étourdis ou évanouis allongés par terre, mais je suppose qu'ils les cachent dans les tiroirs qui sont sous les étagères à shampooing.

Je me suis resserré contre la veste en cuir de Wehmeyer, j'ai reniflé un peu son odeur de sécurité et je me suis dit que ce serait bien si on pouvait acheter ce genre de parfum chez Douglas. Le feu est passé au vert et on est repartis dans un vrombissement. J'ai levé une main pour faire signe au Jack-Russell, puis je me suis à nouveau agrippé à Wehmeyer. Les Jack-Russell sont les chiens les plus cool du monde. J'aimerais bien en avoir un, mais maman dit que c'est trop cruel d'avoir un chien dans une grande ville. Je voudrais lui demander pourquoi elle en fait tout un plat, c'est bien permis d'avoir des enfants en ville. Mais en ce moment c'est difficile de demander quelque chose à maman. Elle ne va pas bien du tout, et je ne sais pas pourquoi. Ça fait des semaines qu'elle me fait penser à une belle chanson dont on a oublié la mélodie.

Si on tournait un film à partir de mon journal, maintenant il y aurait un flash-back. Les flash-backs, on en voit par exemple dans les films policiers, quand

il y a eu un meurtre. L'assassin vient de se faire prendre et il raconte comment il a zigouillé le type. En voyant le flash-back on se dit : « Ah ! C'est comme ça qu'il a fait, quel malin ce type ! Mais s'il avait été encore un peu plus malin, il ne se serait pas fait prendre par la police. » Mais bon, parfois l'assassin n'a pas de chance et *clac*, la grille de la prison se ferme derrière lui, à moins qu'il ne se dérobe à la justice en se suicidant lâchement ou qu'il ne soit condamné à mort et tout. *Sellawie*.

SELLAWIE *: c'est du français, il paraît que ça s'écrit « C'est la vie ». C'est Julia qui me l'a dit, parce qu'elle s'est fait rouler une pelle par un Français un jour. Avant c'était un Australien et avant l'Australien un joueur de flûte de pan d'origine inconnue. Si le maldon était une nationalité, j'aurais peut-être mes chances avec Julia. Mais ce n'est pas le cas. Sellawie.*

Dans le film tiré de mon journal, le spectateur pourrait se demander, maintenant, ce que je fais sur

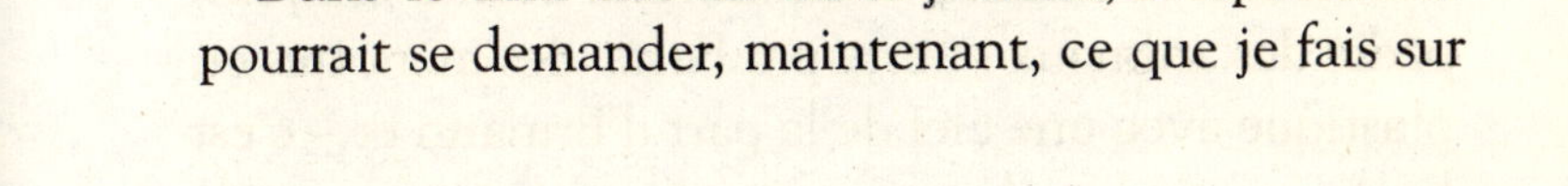

cette moto, et où je vais. Et qu'est-ce que c'est que ce rendez-vous mystérieux dont a parlé Wehmeyer tout à l'heure. Et pourquoi ce rendez-vous ne me fait pas plaisir, puisque j'ai un air triste et songeur.

L'image commence alors à vaciller et on entend une musique bizarre, un peu gondolée. Comme ça le spectateur sait tout de suite qu'il va y avoir un flash-back. Et en effet, *zroum*, je me retrouve soudain dans un lit tout blanc de l'hôpital Urban, dans une belle chambre individuelle avec vue sur le canal. Ma tête est bandée parce que j'ai une grave commotion cérébrale. Maman est assise à côté de moi sur le bord du lit. Elle a l'air épuisée et accablée de soucis.

De l'autre côté de mon lit, il y a une table de nuit. Avec dans le tiroir du bas un cahier où j'ai fini d'écrire mon journal de vacances il y a trois jours. Sur la table, il y a des fleurs et des cadeaux : un bouquet de tournesols d'Irina et une grosse boîte de chocolats à la pâte d'amande de Mme Dahling. Plus trois tablettes de chocolat périmées de Mommsen et une encyclopédie des animaux offerte par Berts, des menottes en plastique avec une clef de la part d'Ermann et – c'est le clou – une lourde pierre toute grise, presque ronde et plus grosse que mon poing. C'est Ermann aussi qui l'a apportée avant de partir en congé spécial de récupération.

Cette pierre, le vieux Fitzke l'avait jetée dans la cour par la fenêtre du quatrième étage, la nuit où Mister 2000 courait après Oscar et moi pour nous anéantir. Fitzke n'avait pas fait exprès, c'était un pur hasard, et la question de savoir pourquoi il avait jeté une aussi grosse pierre cette nuit-là restait un mystère absolu. Mais le plus mystérieux, dans l'histoire, c'était le fait que Fitzke stocke plein d'autres pierres dans son appartement. La police en avait découvert plusieurs centaines en l'interrogeant pendant cette nuit. Et Fitzke avait dit qu'il avait bien le droit d'entreposer chez lui autant de pierres qu'il voulait et qu'on avait intérêt à ficher le camp avant qu'il appelle la police !

Il est comme ça, Fitzke.

En tout cas, Mister 2000 avait reçu la grosse pierre en pleine poire. Il était tombé dans les pommes et, depuis, c'était la folie. Tous les journaux et toutes les chaînes de télévision voulaient nous interviewer, Oscar et moi, parce qu'on avait démasqué le redoutable kidnappeur au rabais. On était des héros, ça n'arrive quand même pas si souvent que des enfants capturent un gangster. Je trouvais hyper classe l'idée de passer à la télévision, par exemple dans le talk-show de ce gentil monsieur qui a des joues de hamster, mais en plus petit.

– C'est pas impossible qu'il pose des questions auxquelles personne ne peut répondre, ai-je marmonné. Exactement comme dans son autre show.

– Quel autre show ? a demandé maman d'un air absent.

Ça faisait deux jours qu'elle était revenue de l'enterrement de son frère tout juste mort, mais elle portait à nouveau des vêtements de couleur. Son chagrin ne suffisait pas pour le noir, parce que autrefois, quand oncle Christian nous rendait visite, ils se disputaient et se hurlaient tout le temps dessus.

– Le-jeu-du-mil-lion-nai-re, ai-je dit lentement et clairement. Que je regarde de temps en temps avec Mme Dahling.

Mme Dahling est toujours bonne pour répondre aux questions, en général elle flanche seulement vers soixante-quatre mille euros. Moi, je suis déjà arrivé deux fois jusqu'à cent euros, mais les questions sont vraiment dures, par exemple :

Qu'est-ce qui se jette dans la mer ?

A) une gueule de dragon

B) une bouche de montagne

C) l'embouchure d'un fleuve

ou D) une langue de terre.

J'ai regardé maman du coin de l'œil.

– Ils nous payent un peu si on va au talk-show.

– Tu n'as pas autre chose à me raconter ? a-t-elle dit. Le téléphone sonne toute la journée la même rengaine, la boîte aux lettres déborde et on est espionnés de partout par les journalistes.

– Mais l'argent…

– On a assez d'argent, merci !

Elle avait raison. Oncle Christian nous avait laissé sa maison, sa voiture et tout le reste. Maman voulait tout vendre, comme ça on pourrait payer un plus gros loyer et passer du deuxième étage à l'appartement chic qui est sous les toits, avec beaucoup de lumière, du soleil, la vue sur Berlin et encore d'autres avantages. Mais ça ne voulait pas dire qu'on n'avait pas besoin d'un peu d'argent de poche en plus.

– Peut-être, ai-je encore essayé, que les journalistes te laisseront tranquille une fois que je serai passé à la télé.

Maman a secoué la tête, furieuse.

– Pour la dernière fois, Frederico, c'est hors de question ! Ces types de la télé vont te charcuter sous les yeux de tout le pays…

– Mais…

– Et ils en ont absolument rien à foutre de savoir comment tu te sens, toi !

Ma bouche s'est ouverte. J'ai fixé maman d'un air terrorisé. Elle avait prononcé un gros mot. Elle l'avait même hurlé, d'ailleurs.

– Désolée, mon trésor, s'est-elle excusée en se passant la main sur les yeux. Je ne voulais pas te crier dessus. C'est juste que…

J'attendais, mais elle s'est arrêtée là. Elle a regardé par la fenêtre, avec un regard-assez-lointain, et elle s'est mordu les lèvres. J'avais envie d'être fâché. Je trouvais qu'on pouvait bien supporter un peu de charcutage si après on avait assez d'argent pour pouvoir manger tous les jours, jusqu'à la fin de sa vie, des boulettes et des gaufres suédoises d'Ikea dans un cinquième étage sous les toits. Mais je n'ai rien dit. Maman avait l'air trop triste. Si Ermann avait été là, il aurait pu la prendre dans ses bras en la serrant très fort, ou même lui faire des câlins pour la consoler. Mais non, maman ne voulait pas de lui, alors qu'Ermann était fou d'elle et qu'elle le trouvait hyper sexy. C'est même elle qui l'avait dit.

– Maman, ai-je demandé timidement, est-ce que c'est à cause d'oncle Christian ?

Son regard-assez-lointain s'est éteint. Elle m'a regardé, a pris ma main et s'est efforcée d'esquisser un sourire. Il était aussi branlant qu'une échelle en bois à laquelle il manque quelques échelons.

– Ça n'a rien à voir avec oncle Christian. Je suis juste extrêmement fatiguée, c'est tout. Tout va bien, Rico.

Elle a à nouveau regardé vers la fenêtre sans me lâcher et sa voix est devenue aussi ferme que la pression de ses mains :

– Et tout ira bien, tu verras.

J'ai froncé les sourcils. Qu'est-ce que cela voulait dire ?

Mais avant que cette question puisse trouver une réponse, l'image vacille tout à coup, la musique bizarre retentit et le spectateur me voit à nouveau assis sur la moto. Wehmeyer prend des milliers de virages avec moi, dans au moins dix directions différentes en même temps. À un moment, sa BMW doit esquiver brusquement une voiture qui freine devant elle et je manque de m'érafler les genoux sur l'asphalte. Mais cela ne me fait rien du tout. Un panneau passe à toute allure : Schöneberg. Peu après, la moto se couche élégamment dans un dernier virage et tourne dans une jolie rue. Je commence à sourire. Dans quelques minutes, je vais enfin revoir mon grand ami Oscar – et notre dernière rencontre remonte déjà à plus de deux semaines.

Là, en fait, l'image devrait à nouveau vaciller avec la musique bizarre, mais je m'embrouillerais dans les flash-backs. Le prochain devrait en effet avoir lieu avant ceux avec maman et le charcutage, parce qu'il date de plus longtemps. C'est pourquoi je préfère raconter le reste comme ça. Quand j'étais à l'hôpital, Oscar n'a pu me rendre qu'une seule visite. Ensuite, le jour même, son père était parti avec lui chez une amie, au Danemark, pour se reposer des épreuves de l'enlèvement.

Sur la carte, on dirait que le Danemark est la pointe de l'Allemagne, tout en haut. Il a l'air tout plat, mais il dépasse quand même dans la mer comme B) une bouche de montagne. Autrefois, les Danois s'appelaient les Vikings et les Allemands les Germains. Ils se défonçaient la tête de temps en temps, mais les Danois savaient mieux viser, et maintenant c'est trop tard et les Allemands n'arrivent plus jusqu'à la pointe du haut, sauf pour les vacances.

Le temps qu'Oscar avait passé à observer les Vikings m'avait paru une éternité. Mais il était désormais passé. Aujourd'hui, pour la première fois, j'allais le voir chez lui et faire la connaissance de son papa. Je ne l'avais vu qu'à la télévision, au journal, le soir où Oscar s'était fait enlever, et je dois malheureusement dire que je l'avais trouvé assez bête. Et ensuite encore plus. C'était vraiment gonflé de me piquer mon seul meilleur ami et de l'emmener au Danemark alors que j'étais à l'hôpital, entre la vie et la mort avec ma commotion cérébrale.

Carrément gonflé !

Wehmeyer a ralenti, arrêté la moto et il s'est tourné vers moi.

– Rue Ansbacher, a-t-il bourdonné à travers son casque. Est-ce que c'est le bon numéro ?

Je l'ai regardé en hochant la tête.

– Oui.

Oscar m'avait fait répéter le numéro de la rue trois fois au téléphone, pour que je sois sûr de le trouver. Sa rue me plaisait bien. Il y avait moins d'arbres que dans la rue Dieffenbach, mais les immeubles avaient très belle allure, rien que des vieux bâtiments, beaucoup avec des façades bleu ciel. Seul l'immeuble du numéro 117 tranchait : c'était un bâtiment neuf avec un toit plat et trois étages seulement, un tas d'antennes satellite sur ses petits balcons rectangulaires, le tout recouvert d'une affreuse peinture gris-bleu. À Berlin, on trouve ce genre de baraques partout où les beaux vieux immeubles ont été bombardés pendant la Seconde Guerre mondiale. Voilà ce que ça fait, la guerre : il y a beaucoup de morts et encore plus de gens qui les pleurent, les maisons sont complètement détruites, et une fois qu'on a enfin enlevé toutes les ruines et construit quelque chose de nouveau, les façades sont tout à coup bleu moisi au lieu d'être bleu ciel.

Je suis descendu de la moto, j'ai enlevé mon casque et l'ai rendu à Wehmeyer.

– Merci beaucoup, encore une fois.

– Avec plaisir, m'a-t-il répondu en enfilant le casque autour de son bras. Ah, au fait, Rico, tu t'es sans doute demandé…

– Oui ?

– Je n'ai pas lu ton journal. C'est-à-dire que j'ai commencé, mais… Tu y racontes beaucoup de choses intimes, tu sais. Et ça ne me regarde pas. Non pas que ta vie privée ne m'intéresse pas passionnément, a-t-il conclu avec un large sourire.

Je pensais au joli dossier que j'avais acheté exprès. Toutes les pages de mon journal avaient été imprimées et rangées dedans. Sur la couverture du dossier il y avait Spiderman, parce qu'il est trop cool. Il se balançait à un fil entre deux immeubles, sans doute en direction de sa vie privée, qui ne regardait personne non plus.

– Ce que vous avez fait, toi et ton petit ami, c'était fantastique, Rico. Vraiment. Mais n'en faites pas une habitude, d'accord ? Je n'ai pas envie de te perdre comme élève. Est-ce que tu comprends ce que je veux dire ?

Le sourire de Wehmeyer s'était rétréci.

– Que je dois faire attention la prochaine fois que je poursuivrai un criminel ?

Je pensais aux menottes qu'Ermann m'avait offertes. Avec un peu d'entraînement, on pouvait sûrement maîtriser un criminel assez vite et l'attacher avec.

– Non, a dit Wehmeyer avec un regard grave. Je veux dire qu'il n'y aura même pas de prochaine fois. Ça peut mal tourner. Pense aux gens qui t'aiment bien, OK ?

Sans attendre ma réponse, il a tapoté son casque, a démarré sa bécane et pris le premier virage. Je l'ai regardé partir. Il ne savait peut-être pas très bien choisir un bonus pour un maldoué, mais à ce moment-là je l'ai trouvé presque aussi cool que Spiderman.

Lorsque je me suis retourné pour me diriger vers l'immeuble bleu moisi, j'ai vu un garçon. Il était peut-être à dix mètres, derrière une voiture garée, et agitait énergiquement les deux bras. S'il avait eu son casque bleu sur la tête, je l'aurais reconnu plus vite. Mais il n'y avait pas le moindre casque à l'horizon. Oscar portait à la place des lunettes de soleil avec des verres tout noirs. Ils étaient tellement grands que non seulement ses yeux disparaissaient derrière, mais aussi ses oreilles décollées. Apparemment, tout ce qu'Oscar met sur sa tête est aussi grand que ses immenses dents. Seul son sac à dos était si petit, sur son dos, qu'au début je ne l'ai pas remarqué.

J'avais réfléchi aux milliers de choses que je pourrais

dire à Oscar quand on se reverrait, par exemple qu'on pourrait aller arroser les fleurs sur la terrasse des Runge-Blawetzky, parce qu'ils étaient en vacances jusqu'à dimanche, mais ensuite je me suis souvenu qu'il avait un peu le vertige, et finalement ça suffisait de dire juste : « Je suis content de te revoir » ou, encore mieux : « Tu m'as beaucoup manqué. » Il m'avait envoyé une carte postale du Danemark. Sur la photo, on voyait des dunes de sable, de l'herbe herbeuse et la mer bleue. Derrière, il avait écrit en énormes caractères : CHER RICO, DE LA PART D'OSCAR.

J'avais accroché la carte au-dessus de mon lit avec une punaise et je la regardais plusieurs fois par jour. Oscar m'avait vraiment manqué, et donc j'avais décidé de le prendre dans mes bras quand on se reverrait. Mais maintenant que j'étais devant lui, je le regardais d'un air ahuri et lui ai juste demandé :

– Où est ton casque ?

– Trop voyant, a claironné Oscar de sa petite voix aiguë.

Il ne m'a pas pris dans ses bras non plus, mais c'était OK. Quelqu'un comme Oscar ne sait pas bien prendre dans les bras. C'est plutôt le genre rationnel.

– Avec le casque, tout le monde me reconnaîtrait tout de suite, a-t-il expliqué. Il vaut mieux qu'on puisse sortir incognito.

– Incoquoi ?

– Incognito. Quand quelqu'un ne peut pas nous reconnaître.

– Comme Spiderman ?

– Un peu, oui.

J'ai regardé autour de moi. Absolument personne à part nous. Cette histoire d'incognito avait donc l'air de marcher. Il y a deux semaines, les journalistes s'agglutinaient ici comme devant le 93.

– Si personne ne doit te reconnaître, ai-je dit, pourquoi est-ce que tu traînes dans la rue comme ça ? Je pensais que je pourrais regarder votre appartement et ton papa…

– Mon père n'est pas à la maison et ce n'est pas rangé.

– Il est où ?

Mon regard est monté le long de l'immeuble bleu moisi. Presque toutes les fenêtres avaient des rideaux. Certaines étaient nues. Sur l'une d'elles étaient collés une dizaine de transparents ronds de différentes couleurs.

– À l'Agence pour l'emploi, a dit Oscar. Il n'a pas déclaré qu'on était partis au Danemark. Ma chambre est celle du deuxième étage avec le système solaire à la fenêtre. Les gens de l'agence s'en sont rendu compte.

– Qu'il y avait un système solaire sur ta fenêtre ?

– Que mon père avait pris des vacances sans autorisation. Maintenant ils vont sans doute nous raccourcir l'allocation. Ils ne rigolent pas avec ça.

Je ne savais pas qui étaient ces gens de l'Agence pour l'emploi, mais ils ne devaient pas être spécialement sympas s'ils devenaient désagréables dès qu'on allait faire un petit tour chez les Vikings.

– J'ai assez d'argent pour nous deux, ai-je dit. Tu veux que je t'invite à manger une glace ?

C'était l'argent de maman, elle me l'avait donné exprès pour cette journée : un gros billet de dix euros. Plus deux euros vingt-huit d'argent de poche que j'avais économisé et que j'avais pris la précaution de ne pas mettre tout de suite dans ma tirelire en forme de Reichstag. Si j'avais supplié maman, j'aurais peut-être eu dix euros de plus parce qu'elle avait mauvaise conscience de m'avoir interdit de passer à la télévision. Oscar et moi, on aurait alors… plus de vingt euros, ai-je calculé.

Oscar n'a pas répondu tout de suite à mon invitation. Il a d'abord réfléchi. À cause de ses stupides lunettes de soleil, je ne pouvais pas voir sa réflexion. Il trouvait sans doute gênant de devoir se faire inviter. Tant pis pour lui. Lui, il aurait pu passer à la télévision. Son papa, m'avait-il raconté quand il était venu me voir à l'hôpital, avait vachement envie que son célèbre fils passe dans tous les talk-shows possibles, sans doute à cause de l'argent. Mais Oscar s'y était opposé. Il n'était quand même pas une bête de cirque, avait-il écumé de rage, et moi j'avais juste hoché la tête en regardant ses énormes dents et en trouvant ça trop bête parce qu'il serait peut-être arrivé jusqu'au jeu du millionnaire et qu'avec ses super dons il aurait sûrement tout ramassé.

– OK, a-t-il fini par dire. Il y a un stand de glaces sur la Viktoria. C'est pas loin d'ici.

– C'est qui Viktoria ?

– La place Viktoria-Luise.

Avant de traverser la rue, il a bien regardé trois fois dans chaque direction en avançant la tête. Dès la première fois, il n'y avait absolument aucune voiture en vue, et toujours pas la troisième fois.

– Il n'y a personne, ai-je dit.

Oscar n'a rien répondu mais s'est enfin bougé, et il marchait tellement vite que son petit sac à dos se balançait fortement. Je n'aurais pas été étonné qu'il regarde aussi en haut pour s'assurer qu'un avion n'était pas en train de tomber du ciel.

En plein centre de la place Viktoria-Luise, il y a une grande fontaine drôlement jolie. Il en jaillit un jet d'eau de plusieurs mètres de haut. Le bord est arrondi et pas très haut, c'est super pour s'asseoir dessus. Tout autour, des petits chemins de gravier clair partent dans différentes directions. Il y a des pelouses et beaucoup de bancs, et plus loin de grands arbres dont les longues branches font de l'ombre aux restaurants qui bordent la place.

Les bancs étaient occupés par des mères, de petits enfants jouaient dans l'herbe, et trois ou quatre personnes étaient simplement allongées sur le dos et profitaient du soleil. Le stand de glaces était vers l'extérieur du square. Quand on s'en est approchés, Oscar et moi, la vendeuse nous a regardés en plissant les yeux. On aurait pu croire qu'elle avait besoin de lunettes, mais j'ai tout de suite vu qu'elle était juste d'une humeur de chien. Peut-être qu'elle était de mauvais poil parce qu'il y avait du soleil et qu'elle était obligée de se geler dans son chariot de glaces. Elle avait à peu près l'âge de maman, mais elle était moitié moins blonde et quatre fois moins jolie.

– Bonjour, ai-je dit. Deux glaces s'il vous plaît.

– Cornet ou petit pot ?

Elle avait l'air aussi énervée que moi quand je suis obligé de regarder *La Foire aux chansons* avec Mme Dahling.

– Cornet.

– Combien de boules ?

– Beaucoup.

Elle a levé les yeux au ciel, a pris un très grand cornet, a extrait d'un récipient d'eau le truc à faire les boules de glace et l'a fait claquer en m'interrogeant du regard.

– Je voudrais une boule de chocolat, ai-je dit. Et encore une de chocolat.

Elle a calé deux boules de chocolat dans le cornet sans rien dire, puis elle m'a regardé d'un air impatient.

– Encore une autre, s'il vous plaît.

CLATCH !

– Et encore une autre.

Maintenant, non seulement son regard était pincé, mais aussi sa bouche.

– Fallait dire tout de suite que tu voulais quatre boules de chocolat !

– Je veux cinq boules de chocolat !

– Tu devrais peut-être commencer par remettre les cinq boulons qui manquent dans ta tête, petit !

Non mais j'te jure ! J'ai pressé les lèvres. Ce genre de chose me coupe complètement l'appétit. Si on savait aussi bien compter qu'on a envie de boules de chocolat, on le ferait.

La cinquième boule de chocolat a claqué dans le cornet.

– C'est tout ?

– Merci.

– Merci oui ou merci non ?

J'ai juste tendu la main et pris mon cornet. Quelle pimbêche ! Elle s'est mise sur la pointe des pieds, s'est penchée au-dessus du comptoir et a regardé Oscar en bas.

– Alors, est-ce qu'on sait compter jusqu'à cinq ?

– On sait même compter jusqu'à sept, a dit Oscar aimablement. Dans un petit pot, s'il vous plaît. Fraise, pistache, tiramisu, vanille, caramel, citron et fraise.

La glaceuse a fermé la bouche en faisant un petit grincement avec ses dents, puis elle l'a rouverte :

– Deux boules de fraise, donc ?

– Oui, mais une tout en bas et une tout en haut. Et si possible, le citron ne doit pas toucher la pistache. Et la vanille seulement si… il n'y a pas d'arômes artificiels dedans ?

– Si, plein.

Elle souriait méchamment à Oscar, l'air de dire : « Assez en tout cas pour empoisonner des petits enfants qui me tapent sur les nerfs. »

Je ne pouvais rien voir, mais je parie qu'Oscar n'a pas cillé derrière ses grandes lunettes de soleil noires.

– Bon, alors plutôt deux boules de vanille et pas de citron. La véritable vanille est une orchidée, vous savez ?

– Ça m'intéresse pas.

Oscar la regardait fixement. Ses petits doigts aux ongles rongés ont commencé à tambouriner sur le comptoir, *ta-ramm, ta-ramm*. Et il a imperturbablement continué son explication :

– Les travailleuses de Madagascar et de la Réunion doivent féconder artificiellement la vanille avec des épines de cactus et de bambou pour qu'on puisse la vendre en quantité suffisante sur le marché international.

– Vraiment ?

Le truc à faire les boules de glace a claqué et la première boule a atterri dans le pot.

– Ce n'est pas un travail agréable – *ta-ramm, ta-ramm* – et, en plus, c'est mal payé.

– Ah bon.

CLATCH, pistache, *CLATCH*, tiramisu…

– Alors que la vanille artificielle est totalement inoffensive.

– Tu m'en diras tant. Le caramel, tu le voulais où, déjà ?

Les doigts d'Oscar se sont calmés.

– En cinquième position. Mais on savait compter jusqu'à sept.

La glaceuse a soupiré bruyamment. Oscar s'est tourné vers moi.

– Elle y est aussi, dans ta glace.

J'ai regardé mon cornet comme si une bestiole s'était cachée dedans.

– Qui ça ?

– La vanille artificielle.

J'ai hoché la tête et délicatement touché les boules de chocolat avec la pointe de ma langue. Elles étaient assez bonnes. Le truc à faire les boules de glace claquait de plus en plus vite derrière moi. Je ne m'étais jamais demandé si quelqu'un était mal payé quelque part pour fabriquer avec des piquants de cactus un aliment naturellement inoffensif qui était tout aussi inoffensif sous forme artificielle.

La glaceuse a donné son pot à Oscar par-dessus le comptoir et je lui ai tendu le billet de dix euros. Lorsqu'elle m'a rendu la monnaie, j'ai fait mine de recompter rapidement avant de faire sonner les pièces dans la poche de mon pantalon.

– Salut, ai-je dit. À bientôt.

La glaceuse a brandi comme une arme son truc à faire les boules de glace et marmonné une phrase du genre : « Tu rêves, oui. » La tête d'Oscar est devenue toute rouge. Quand il se met en colère, il peut vraiment sortir de ses gonds. Je l'ai pris par le bras et l'ai tiré derrière moi. Le temps qu'on arrive à la fontaine et qu'on s'asseye côte à côte sur le rebord, son visage avait retrouvé sa couleur normale.

– C'était comment au Danemark avec ton papa ? ai-je demandé, surtout pour faire diversion. Il n'y avait pas grand-chose sur ta carte postale.

– Froid.

Oscar s'est jeté sur sa boule de fraise du haut.

– Je suis content d'être rentré. Il a plu tout le temps. Comment ça s'est passé, chez toi, pendant ce temps-là ?

Oscar avait vite enchaîné les deux dernières phrases, comme s'il voulait empêcher que je glisse une autre question au milieu. Ça ne s'était visiblement pas très bien passé pour lui et son papa chez les Vikings, mais peut-être que c'était juste à cause de la pluie danoise.

– Il ne se passe rien au 93, lui ai-je répondu. Les Kessler, les Runge-Blawetzky et Julia et Massoud vont bientôt revenir de vacances, mais d'autres sont partis entre-temps, Kiesling avec sa Porsche et Ermann avec un congé spécial de récupération.

– Il rentre quand, Ermann ?

– Je sais pas.

Je n'ai pas dit à quel point j'étais fâché, parce que Oscar se serait sans doute rendu compte que je voulais Ermann comme père, et les papas n'étaient pas un très bon sujet. Ermann ne nous avait même pas encore envoyé une carte postale de ses vacances, à maman et moi. Comme s'il nous avait tout simplement oubliés.

– Et c'était comment le tour à moto avec ton instit ? a demandé Oscar.

J'ai passé ma langue sur le chocolat en haussant les épaules.

– On est sortis de la ville. En direction du sud il n'y a que du maïs. Est-ce que les grands hamsters attaquent les hommes ?

– Non. Tu en as vu un ?

– Non.

– Ça m'aurait étonné aussi. Parce que les grands hamsters sont extrêmement – ah, zut ! elle m'a quand même mis du citron !

J'ai regardé son pot avec curiosité.

– Tu veux qu'on aille changer ?

– Nan, vaut mieux pas. La glaceuse va nous tuer si elle doit nous servir encore une fois. Elle risque de nous éplucher le cerveau avec son portionneur.

– Avec quel portionneur ? ai-je demandé, inquiet.

Je n'ai déjà pas beaucoup de cerveau, alors si on m'en extrait une partie…

– Ben avec ce… je sais pas, moi. Avec ce truc à faire les boules de glace.

Oscar tenait son pot de travers et inspectait son contenu de si près que son nez a failli disparaître dans la boule de citron. Puis il a poussé un grognement de satisfaction :

– Au moins, c'est dans le bon ordre.

En continuant à manger sa glace à la cuillère, il faisait bien attention à ne pas mélanger le citron et la pistache, comme si le contact de ces deux parfums risquait de provoquer une explosion.

– Je suis content d'aller jouer au loto, a-t-il dit brusquement. Et de pouvoir dormir chez toi. Ça fait deux semaines que je m'en réjouis.

Je me suis contenté de sourire parce que j'étais trop heureux pour dire quoi que ce soit. Car c'était le clou de la journée : Oscar viendrait jouer au loto avec maman et moi, le soir, au foyer socioculturel. Et il dormirait à la maison après. Votre meilleur ami qui vient dormir chez vous, c'est à peu près la chose la plus géniale qu'on puisse imaginer. Maman avait organisé ça au téléphone avec le papa d'Oscar, juste avant qu'il l'embarque au Danemark.

On continuait à manger nos glaces. Oscar allait plus vite que moi, bien qu'il ait plus de boules.

Je me suis demandé si j'avais envie de cinq autres boules de chocolat et si j'avais assez d'argent pour ça.

– C'est où Madagascar ? ai-je demandé.

– Devant la côte est de l'Afrique, a dit Oscar en extrayant une belle portion de vanille avec sa cuillère. C'est une île.

Peut-être que la glace naturellement inoffensive était moins chère. Ce n'était pas de ma faute si les pauvres travailleuses qui piquaient la vanille à Madagascar gagnaient aussi peu d'argent. Évidemment, si par protestation plus personne n'achetait la vanille pas cher pour la mélanger au chocolat, la situation des travailleuses finirait par s'améliorer. D'un autre côté, elles habitaient sur une île ensoleillée et pleine d'orchidées, ce n'était déjà pas si mal et…

– Est-ce que tu as un centime ? m'a demandé Oscar.

J'ai attrapé un centime parmi les deux euros vingt-huit qui étaient dans ma poche. Oscar l'a pris, l'a poli entre ses mains et jeté par-dessus son épaule. *PLOUF !* Je me suis retourné et j'ai regardé dans l'eau. Le centime avait fait en plongeant des vaguelettes qui jetaient dans la lumière du soleil des éclairs éblouissants, mais j'ai quand même aperçu plusieurs pièces qui étaient déjà dans l'eau. Je me suis tourné vers Oscar.

– Pourquoi t'as fait ça ?

– Ça porte bonheur.

– Et pourquoi t'as jeté la pièce derrière ton épaule et pas devant ?

– Parce qu'on ne doit pas courir après le bonheur ni le regarder en face.

– Qui a dit ça ?

Il a juste haussé les épaules en lapant son tiramisu. J'ai à nouveau fouillé dans ma poche, trouvé une pièce de deux centimes et me suis retourné pour la jeter dans la fontaine. Mais, après, j'ai regardé. La pièce a fait *plouf* dans l'eau et est descendue en vrille.

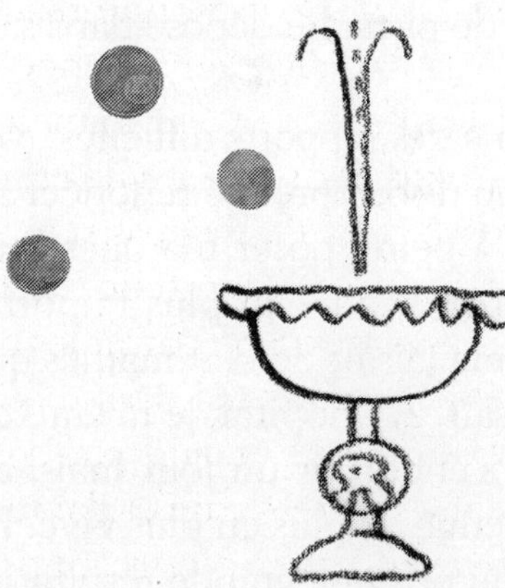

– T'es fou, a dit Oscar sans se retourner, sur le même ton que s'il avait dit : « Tu es vraiment téméraire. Ne viens pas te plaindre à moi ensuite si quelque chose tourne mal. »

Je l'ai regardé par-dessus mon avant-dernière boule de chocolat. Je trouvais que c'était le bon moment pour poser une question qui ne m'avait pas lâché depuis que j'avais failli me disputer avec maman à cause du talk-show.

– Oscar ? ai-je demandé lentement.

– Hm ?

– Puisque ton père voulait absolument que tu passes à la télé, à cause de l'argent et tout ça, mais que toi tu ne voulais pas, pourquoi est-ce qu'il n'est pas... Je veux dire, il aurait aussi pu aller à la télévision, lui, sans toi.

– Ils ne voulaient que moi.

La langue pointue d'Oscar se promenait sur un petit morceau de pistache déposé dans sa cuillère en plastique.

– Papa a des rapports difficiles avec les gens. C'est pour ça qu'ils ont préféré renoncer à lui.

J'osais à peine poser ma question suivante, alors qu'elle était beaucoup plus importante que la première. Cela faisait deux semaines qu'elle m'occupait et me pesait. À l'hôpital, je m'étais dit qu'elle finirait bien par s'endormir un jour mais, au contraire, elle était devenue de plus en plus vive. Et de plus en plus lourde. J'ai pris une grande inspiration.

– Oscar ?

Il a juste levé la tête.

– Enlève tes lunettes. Je dois encore te demander quelque chose.

Il a enlevé ses lunettes et m'a regardé avec ses yeux verts. Il attendait. J'ai vu les petits trucs noirs qui sont dedans rétrécir d'abord, puis s'agrandir à nouveau. Oscar a froncé le nez puis il a dit :

– Elle n'est pas morte.

– Qui ça ?

– Ma mère. Elle est seulement partie. C'est ça que tu voulais demander, hein ?

Je l'ai regardé d'un air ahuri. Oscar s'est mis aussi à me fixer. Fixer l'autre à son tour a beau être son meilleur truc, cette fois ça n'a pas vraiment fonctionné. Ses yeux étaient plus verts que la glace à la pistache qu'il venait d'avaler, et il y avait dedans la même lueur humide que dans ceux de Wehmeyer quand le paysage des abords de la ville l'avait bouleversé. Mais en plus triste.

– Elle est partie parce qu'elle n'aimait pas mon père, a-t-il dit. Elle ne m'aimait pas non plus, c'est pour ça que mon père a eu le droit de garde.

– C'est quoi le droit de garde ?

Un petit pli profond s'est formé entre ses yeux.

– Ça veut dire qu'il doit s'occuper de moi. Quand je n'allais pas encore à l'école, je croyais toujours qu'elle allait revenir parce que je lui manquais. Mais ce n'était qu'une illusion. Elle ne reviendra pas. Et je ne pense plus à elle. Je ne parle plus d'elle non plus. (Sa petite cuillère en plastique s'est plantée dans la dernière boule de fraise comme une pelle.) Je mange simplement ma glace.

ILLUSION : *quand on attend que quelque chose de chouette arrive ou qu'on reçoive un truc super mais qu'à la fin on a juste une déception ou des Kleenex tout mouillés. C'est-à-dire un peu comme Noël quelquefois.*

Presque mercredi déjà

Malaise au loto

Il est très tard, mais j'ai déjà écrit presque tout le mardi dans mon journal, et je vais réussir à terminer. Oscar dort. En dressant l'oreille, je peux l'entendre respirer jusqu'ici, dans le salon. J'ai emprunté un sac de couchage et un matelas pneumatique à Berts. Il y a plein de petites fleurs de toutes les couleurs sur le matelas, alors on dirait qu'Oscar est couché sur une jolie prairie.

Si seulement je savais ce qui se passe dans sa tête. Et pourquoi il ne veut pas me le raconter. Car tout à coup ce soir, pendant la partie de loto, alors que maman venait de gagner et s'est levée pour aller chercher son lot sur la scène, il est devenu vraiment bizarre. Et après, encore plus bizarre.

Alors que tout avait été tellement génial jusque-là…

Lorsque Oscar et moi on est arrivés au 93, Berts était agenouillé sur le trottoir entre toutes sortes d'outils et il tripatouillait sa Ducati rouge avec ses doigts pleins de cambouis.

– Alors, le super agent, a-t-il dit en me voyant, t'arrives maintenant à circuler en ville sans être embêté par des paparazzi tous les cent mètres ?

– Ben oui. Mais Oscar préfère rester incognito.

– Ah, c'est donc toi Oscar.

Berts l'a regardé droit dans ses lunettes de soleil en sifflant d'admiration.

– Enchanté ! Je ne peux malheureusement pas te tendre la main, il y a un peu trop de cambouis dessus. Mais je suis vraiment très content de faire ta connaissance.

Son sourire d'edelweiss était tellement étincelant que je me serais cru sur un sommet enneigé des Alpes. C'est la spécialité de Berts. Il suffit qu'il vous sourie pour qu'on croie que le monde va bien. Ou en tout cas qu'il peut nous l'arranger. La semaine dernière, il a menacé de mettre une raclée à un journaliste qui traînait devant l'immeuble. C'est la dernière fois qu'on a vu un paparazzi. Il y a deux semaines, à l'hôpital, maman avait dit qu'on vivait dans un monde rapide qui oublie vite. Elle avait raison.

Berts a posé une clé anglaise et a passé sa main dans ses cheveux noirs coupés à ras en regardant un peu mieux Oscar.

– C'était courageux ce que tu as fait, Mister Incognito.

Est-ce que tu as bien survécu à ton petit séjour au cachot ?

Oscar a relevé ses lunettes de soleil et l'a examiné comme s'il voulait savoir si Berts était juste curieux ou s'il s'intéressait réellement à lui. Il s'est décidé pour l'intérêt réel.

– J'en ai déjà parlé avec un psychologue, a-t-il dit. Je ne voulais pas, mais j'ai été obligé, parce que la plupart des victimes d'enlèvement ont des crises d'angoisse ou alors elles mouillent leur lit la nuit.

– Même les adultes, ai-je demandé ?

Oscar a hoché la tête d'un air sombre.

MOUILLER SON LIT : *on dort et on a un besoin urgent, alors on rêve qu'on est aux WC, et c'est parti. On peut aussi manger au lit, mais c'est l'inverse : on rêve de nourriture, on se réveille et on se retrouve réellement devant le frigo. Ce n'est pas possible de faire les deux ensemble, ça voudrait dire qu'on pisse dans le frigo.*

Berts a gratifié Oscar de son sourire des Alpes.

– Et alors, t'as pissé au lit ?

– Bien sûr que non, a répondu Oscar en baissant la voix. Mais la première semaine après l'enlèvement, je me suis réveillé en sueur toutes les nuits parce que j'avais rêvé que je devrais me nourrir de hamburgers et de frites jusqu'à la fin de ma vie !

– C'est tout ce qu'il a eu à manger quand il était enfermé, ai-je précisé. Plus du Coca.

Berts a hoché la tête d'un air compréhensif.

– Et quand je me réveillais j'avais toujours l'impression que ma chambre puait la friture, a continué Oscar. C'était assez angoissant.

– Et après cette première semaine, a demandé Berts, est-ce que les rêves angoissants se sont améliorés ?

– Ils ont complètement disparu, a répondu Oscar d'une voix qui exprimait son soulagement. Maintenant, je fais des rêves tout à fait normaux. Récemment, j'ai presque compris pendant une nuit pourquoi les galaxies tournent avec une distribution de la vitesse qui ne correspond pas à la distribution de la masse de leurs composantes visibles. C'est un problème de physique non résolu, a-t-il ajouté en guise d'explication parce qu'on le regardait tous les deux bizarrement.

– OK, bien sûr, a dit Berts. Qui ne rêve pas de ça de temps à autre ?

Il hochait gentiment la tête en souriant, mais on voyait à son sourire que la neige s'était tout à coup mise à fondre dans les Alpes. J'ai aussi hoché la tête. Oscar ne devait pas penser que je n'avais jamais vu de galaxies pivotant massivement et d'autres choses de ce genre.

– Malheureusement, je me suis réveillé au milieu de mon rêve parce qu'il fallait que j'aille aux toilettes, a glapi Oscar de sa voix claironnante. Mais je n'ai pas fait au lit !

Oscar avait à peine déposé son petit sac à dos dans ma chambre que je l'ai tiré jusqu'à la fenêtre. On a lorgné l'appartement vide, au troisième étage du bâtiment du fond qui menace de s'effondrer, celui où habitait autrefois la vieille Mlle Bonhöfer. C'est derrière ces fenêtres que j'avais vu les effrayantes ombres profondes qui m'avaient mis sur la piste de Mister 2000.

– Ça n'a pas l'air dangereux en fait, hein ?

– Mais ça l'était, a murmuré Oscar.

Il frottait la chair de poule qui était apparue sur ses maigres bras. Je n'ai pas pu m'empêcher de penser à Mommsen. Je l'ai croisé récemment, il nettoyait l'escalier. Il ne s'est toujours pas remis du fait que Mister 2000 cachait ses victimes dans notre bâtiment du fond, sous son nez – ou plus exactement au-dessus, puisque Mommsen habite au rez-de-chaussée.

– Si la mère Bonhöfer le savait ! a-t-il dit. Elle se retournerait dans sa tombe. C'était une dame raffinée, toujours aimable.

Une odeur de piquette flottait autour de lui comme

un nuage sombre. Il a beau être souvent bourré, personne ne lave les escaliers aussi bien que Mommsen, en deux temps trois mouvements, il faut bien lui laisser ça. Je n'arrivais quand même pas à imaginer comment Mlle Bonhöfer avait pu apprécier un poivrot comme lui.

– Elle a ouvert le gaz et s'est fait sauter, lui ai-je rappelé en fronçant le nez. Parce qu'elle était très malade.

– Je sais. Et alors ?

– Eh ben, elle n'est plus entière. Elle est en plein de petits morceaux et il faudrait qu'ils se retournent tous en même temps. Ça ferait un sacré tapage dans le cercueil.

– Il n'y avait pas de cercueil, a dit Mommsen en soufflant.

Il s'est penché pour essorer la serpillière au-dessus du seau. Son gros derrière dépassait un peu de son pantalon, de sorte qu'on voyait à moitié la raie rose de ses fesses.

– C'était une incinération. Le peu qui restait d'elle a été brûlé. On a mis ses cendres dans une grande urne, mais si tu veux mon avis un verre à moutarde aurait suffi.

Eh ben mon vieux !

Je regardais la chair de poule sur les bras d'Oscar et je voulais lui demander combien un cadavre d'adulte fait de cendres, mais maman a passé la tête par la porte.

– Alors, les hommes, tout va bien pour vous ?

Elle souriait, mais elle avait l'air de se forcer. Comme si elle venait tout juste de se rappeler qu'elle ne devait surtout pas oublier de sourire quand elle disait bonjour à Oscar.

Oscar a relevé ses lunettes de soleil et lui a offert une très belle vue sur ses immenses dents en lui tendant la main.

– Merci beaucoup de m'avoir invité à dormir.

– Tu viens quand tu veux, a dit maman en lui arrachant pratiquement le bras.

« Ah, quand même ! » me suis-je dit. Oscar ne pouvait pas le savoir, mais quand maman dit « Tu viens quand tu veux à quelqu'un », c'est qu'il fait presque partie de la famille. Elle a dit « Vous venez quand vous voulez » à Mme Dahling quand, après sa première visite, elle s'était retournée sur le palier en demandant si elle pouvait sonner de temps en temps quand le sentiment de grisaille lui tombait dessus. Maman a dit « Tu viens quand tu veux » à Julia quand elle était venue nous emprunter un peu de farine et qu'elle était restée quatre heures dans notre cuisine pour parler des night-clubs et des amoureux français. J'espère vraiment qu'un jour maman dira « Vous venez quand vous voulez » à Ermann, mais là elle a dit tout à fait autre chose.

– Est-ce que vous avez faim ? J'ai pensé que pour fêter cette journée on pourrait aller manger des pizzas avant de jouer au loto. Qu'est-ce que vous en dites ?

On n'en disait que du bien.

Peu après, alors qu'on était assis chez l'Italien, au coin du pont Admiral, je me sentais presque un peu chez moi. Autrefois, il m'arrivait d'imaginer comment ce serait si maman et moi on vivait en Italie, le pays de mon papa. On mangerait des pizzas et des glaces tous les jours, on irait voir la tour de Pise et le Colisée à Rome.

COLISÉE : *un immense théâtre très vieux et sans toit. Les Romains l'ont construit parce qu'ils étaient fâchés contre les chrétiens. Les chrétiens croyaient au bon Dieu, mais les Romains ne croyaient qu'au vin, aux femmes et au chant. Devant plein de spectateurs, ils ont donc donné à manger les chrétiens aux lions et aux tigres, et il paraît même aux colimaçons qui traînaient par là. D'où le nom du théâtre.*

Il n'y a qu'à Naples qu'on n'irait pas, parce que mon papa s'y est fait jeter par-dessus bord par un gigantesque poisson, alors qu'il était en train de pêcher, et qu'il s'est noyé – PLOUF, BLUBB –, et il était mort. C'est pour ça qu'au restaurant italien je commande toujours une pizza aux fruits de mer, par vengeance. Les fruits de mer, ce sont des trucs au poisson super bons, mais tout le monde le sait. Il faudrait quand même être sacrément maldoué pour penser qu'il s'agit de pommes sous-marines ou de prunes des sables.

– Tu te souviens, Rico, qu'autrefois tu croyais que les fruits de mer étaient des pommes sous-marines et des prunes des sables ? a dit maman en tapant joyeusement sur la table avec sa fourchette, si fort que son verre de vin rouge a vacillé. C'était tellement drôle !

J'ai repoussé un peu mon assiette. Déjà avant, je n'avais presque pas d'appétit tellement je me réjouissais de jouer au loto avec Oscar. Il a juste un peu souri à l'histoire de maman et s'est mis à donner des explications pour chaque morceau de garniture qui était sur sa pizza, par exemple que les poivrons sont de la même famille que les pommes de terre et le tabac. Maman l'écoutait avec beaucoup d'intérêt en l'interrompant avec des questions. Par exemple, pourquoi on ne garnissait pas les pizzas avec des cigarettes, alors, et elle riait en plantant sa fourchette dans ses spaghettis, comme si elle voulait embrocher sa tristesse, que sa bonne humeur avait fait fuir sous ses pâtes.

Je ne les écoutais plus qu'à moitié en faisant aller et venir un petit calamar grillé à travers le fromage de ma pizza. Avec l'autre moitié, je regardais vers le pont Admiral. Il était plein à craquer de gens, comme toujours les soirs d'été par beau temps. Certains s'appuyaient contre la rambarde ornée de fioritures, mais la plupart étaient assis sur le pavé, riant et discutant à voix haute tout en sifflant du Coca et de la bière. Un bateau de croisière passait sous le pont en faisant *teuf teuf*. Quelqu'un jouait de la guitare. Quelques filles l'accompagnaient en tapant dans leurs mains. Le soleil du soir versait sur tout ça l'or de sa lumière orange. J'aurais aimé qu'on reste tout le temps là.

Aucun bout du monde ne pouvait tenir la comparaison.

En partant de chez l'Italien, on est passés devant *Isabel* et on s'est dirigés vers la rue Urban. *Isabel* est notre marchand de glaces ; je l'ai lorgné avec envie, mais maman avait mis la gomme. Oscar était obligé de sautiller de temps en temps pour tenir le rythme, mais il ne se plaignait pas.

Le foyer socioculturel se trouve dans la rue Graefe. Il fait partie d'une maison de retraite religieuse, ou la maison de retraite fait partie d'un foyer religieux, à moins qu'ils ne se trouvent que par hasard dans le même bâtiment ; en tout cas, c'est la raison pour laquelle tant de retraités viennent aux soirées loto, surtout ceux des Bourdons gris. Quelques autres Bourdons habitent un peu partout dans le quartier.

– Mais dès qu'on arrive, tu retires tes lunettes de soleil, d'accord ? a dit maman à Oscar quand on traversait au feu rouge de la rue Urban. Sinon, les gens penseront qu'on amène un extraterrestre avec nous.

– Les extraterrestres n'existent que dans les films, ai-je dit avec désinvolture.

C'est Berts qui m'avait raconté ça un jour, et je voulais un peu crâner devant Oscar, qui s'y connaissait si bien en garnitures de pizza. Pourvu que je retrouve la phrase exacte.

– Nous n'avons en effet aucune preuve de l'existence réelle d'une intelligence extraterrestre.

La classe !

– On a la preuve depuis longtemps, a rétorqué Oscar.

Nom d'un chien !

On venait de traverser. Maman a levé un sourcil en regardant la rue Graefe, comme si elle s'attendait à voir un ovni atterrir devant le foyer.

– Tiens, je serais curieuse de voir ça.

– La preuve irréfutable de l'existence d'une intelligence extraterrestre, a dit Oscar en traînant les pieds, c'est qu'elle ne se montre pas chez nous, sur la Terre.

Il a retiré ses lunettes et nous a regardés, maman et moi, d'un air extrêmement sérieux, puis il a éclaté d'un rire que je ne lui avais jamais entendu. Pour comprendre la blague, j'ai eu besoin de tout le chemin jusqu'à l'immeuble du foyer socioculturel, un bâtiment récent, peint en vert et pas spécialement beau. Puis j'ai ri moi aussi. Oscar était encore en train de s'esclaffer tout seul quand on est entrés et qu'il a donné ses lunettes à maman qui les a plongées dans son sac en souriant. Apparemment, ce n'était pas très important pour lui de rester incognito devant les retraités.

Beaucoup de gens – y compris Mme Dahling – pensent que les retraités sont ennuyeux, portent des fringues bizarres et ont une odeur encore plus bizarre. Et c'est vrai, il y en a des comme ça chez les Bourdons gris. En général, ce sont les mêmes qui piquent du nez en jouant au loto ou qui se lèvent soudain en plein milieu de la partie pour aller aux toilettes et ne reviennent jamais parce qu'ils se sont endormis là-bas. Mais ce n'est pas la majorité. Les autres retraités ont la pêche, ils aiment bien se siffler un petit verre en jouant, et ils plaisantent et rient très fort, comme s'ils voulaient montrer leurs magnifiques dentiers au monde entier.

La fête avait déjà bien commencé quand on est entrés dans la salle de loto, qui est très claire avec ses grandes fenêtres. Ce n'est pas par hasard qu'ils s'appellent les Bourdons gris, car ils font un bourdonnement pétillant qui respire la bonne humeur, et en plus on entend résonner partout leurs éclats de rire et leurs exclamations. On se croirait à la foire. Quelques-uns nous ont fait signe, à maman et moi, en nous criant bonjour bonjour, et ils ont gentiment hoché la tête à l'attention d'Oscar. On était les seuls enfants, tous les deux, et maman la seule jeune femme. Ils avaient installé plus de dix rangées de tables avec des bancs de chaque côté. Il n'y avait presque plus de place et j'avais un peu peur qu'on doive s'asseoir à une table où les retraités avaient déjà bouffé toutes les cacahouètes et les autres trucs à grignoter qui étaient disposés dans des coupelles. C'est grave, vraiment, il y a des gens qui ne pensent qu'à manger.

J'ai montré à Oscar les décorations qui étaient sur les murs depuis toujours. Ce sont des photos encadrées, genre calendrier des postes, comme les aime aussi Mme Dahling : des montagnes enneigées avec des prairies devant, et sur les prairies il y a plein de fleurs de toutes les couleurs, et des cascades pleines d'écume tombent dans la vallée en grondant. Hyper kitsch et pas cool du tout.

– Allez vite nous chercher des places libres, a dit maman. Pendant ce temps-là, j'achète les cartons.

Oscar restait tellement serré contre moi que j'étais sûr qu'il avait la trouille de se perdre. Il n'avait sans doute pas l'habitude de voir tant de retraités d'un coup, ou alors il avait peur de tous leurs dentiers. À côté de certains dentiers, même ses immenses dents avaient l'air de petits grains de riz.

Parmi cette foule bourdonnante, un bras s'est tout à coup levé et nous a fait signe.

– Rico ! Par ici, mon garçon !

Ouf ! Sauvées, les cacahouètes.

– Viens vite, ai-je dit à Oscar.

Ce bras était celui de M. van Scherten. Depuis qu'il est veuf, il a un peu grossi, mais il était déjà chauve avant, et il a toujours toutes ses dents, impeccablement soignées. Il est vachement gentil. Gentil comme dans : « Je t'ai apporté du chocolat, Rico, puisque mon Hannah n'est plus là pour ça. » Le côté long de la table à laquelle il était assis était plaqué contre le mur parce qu'il n'y avait plus assez de place. Si on voulait regarder la scène, il faudrait qu'on tourne la tête.

– Je t'ai apporté du chocolat, Rico ! a crié van Scherten. Mais il est dans la voiture, un souvenir de ma chère et tendre Hannah, tu sais bien. Tiens, asseyez-vous à côté de moi. Je pensais bien que vous viendriez, toi et ta mère, je vous ai gardé deux places. Il en faut plutôt trois, on dirait, mais ton petit copain c'est qu'une demi-portion, on va y arriver, hein ?

Il s'est un peu décalé sur le côté et a claqué sa main sur le banc en guise d'invitation. J'ai poussé Oscar sur la demi-place libre et je me suis glissé derrière lui.

– Faut pas m'en vouloir, bonhomme, ça se dit, demi-portion. C'était pas méchant. Moi c'est van Scherten, et toi, c'est quoi ton pedigree ? a-t-il dit en brandissant une main.

Oscar s'est automatiquement écarté.

– Non, attends, laisse-moi deviner, tu es l'autre héros, celui qui s'est fait enlever, pas vrai ? T'as sûrement vécu un truc horrible, mon gars, ton papa a dû passer un très sale quart d'heure ! Mais comme je dis toujours, ce qui nous détruit pas nous rend plus forts, et t'as encore ta tête et tout le reste – tout est encore là, pas vrai ?

Oscar le fixait d'un air ahuri. Je parie qu'il n'a vraiment pas l'habitude de voir des gens.

M. van Scherten le fixait aussi.

– Non, t'as perdu quelque chose ? Ta langue peut-être ? Ah ! J'ai pas vraiment suivi ça dans les journaux et je ne regarde pas la télévision. Mais tu peux écrire ton nom sur un bout de papier, ce salaud t'a pas découpé les doigts. Montre, tiens tu vois, attends un peu, où est mon stylo ?

Il a retourné un carton de loto, l'a mis sous le nez d'Oscar et a attrapé la veste de son costume posée sur le banc. Oscar l'examinait comme s'il avait finalement changé d'avis à propos des extraterrestres. Il a complètement ignoré le carton de loto.

– Je m'appelle Oscar, a-t-il dit d'une voix ferme, et je suis en parfaite santé physique.

Il a fait une petite pause avant d'ajouter :

– Et mentale aussi.

M. van Scherten, la veste dans une main, a eu un sourire hésitant, et maman est arrivée à ce moment-là. Elle nous a donné nos cartons et des stylos et s'est installée à côté de moi.

– Monsieur van Scherten, vous êtes un ange ! a-t-elle dit en lui tapotant la main derrière notre dos. Merci pour les places.

– Quel délice ! Regarde-moi cette femme ! s'est

exclamé M. van Scherten en donnant une bourrade à Oscar, qui a failli tomber du banc. C'est toujours un pur délice de pouvoir s'asseoir à la table de la plus jolie dame de la ville !

Sans mot dire, les lèvres pincées, Oscar s'est réinstallé à sa place tandis que van Scherten essayait discrètement d'ouvrir le bouton supérieur de sa chemise pour que maman puisse voir les magnifiques poils gris argent de sa poitrine.

Je trouve que ces poils seraient plus à leur place sur sa tête, mais sinon van Scherten est vraiment classe, d'autant plus qu'il ne supporte pas les cacahouètes. Elles ont pour effet qu'il n'arrive plus à respirer et qu'il a des boutons rouges sur le visage, mais seulement une fois qu'il est devenu blanc comme un linge. La petite coupelle en verre était encore intacte sur la table. Pendant qu'il commençait à flirter avec maman au-dessus de nos têtes, Oscar et moi on en a chacun pris une poignée qu'on a enfournée en même temps tout en examinant nos cartons de loto. Maman en avait acheté trois pour chacun, de différentes couleurs. Cela voulait dire que l'on pouvait faire trois parties.

– Tu sais comment ça marche, le loto ?

– Évidemment, a dit Oscar. Je ne vais quand même pas à une soirée loto sans me renseigner sur les règles du jeu.

J'ai haussé les épaules. Ce n'était pas évident.

Il s'est retourné vers la scène en demandant :

– Ça commence quand ?

– Tout de suite.

J'ai suivi son regard. Un large rideau était tiré devant la scène, noir avec des paillettes argentées dessus, très chic.

– La mère Wandbeck aime bien le genre dramatique, ai-je dit.

– On dit Mlle Wandbeck, Rico, m'a réprimandé maman.

– Elle s'appelle Mlle Wandbeck, ai-je dit, et c'est une affreuse bonne femme, et j'ai le droit de le dire parce que ce n'est pas de moi mais de M. van Scherten.

M. van Scherten a rigolé et maman voulait contre-attaquer au moment où la lumière a baissé et où on a entendu un petit roulement de tambour. Le bourdonnement général s'est tu. Le rire de M. van Scherten s'est tu. Lui et maman se sont aussi retournés. Tout le monde fixait la scène.

– Chers mesdames et messieurs, veuillez acclamer votre hôtesse, Mlle Elliiie Wandbeeeeck ! a tonné un haut-parleur caché derrière le rideau.

Un projecteur s'est allumé. Et le rideau s'est ouvert dans un bruissement, comme si un bel ange obscur déployait ses ailes. L'éclairage de la scène était rouge, d'un côté se trouvait le boulier de loto, de l'autre côté la table avec les prix, et au milieu l'affreuse Ellie dans son tailleur-pantalon noir. Elle s'était mis tellement de poudre sur le visage que dans la lumière du projecteur un petit nuage de poussière ruisselait sur son buste chaque fois qu'elle bougeait. Ses cheveux teints en noir étaient sévèrement tirés en arrière et noués en un petit chignon tout dur. Elle tenait un micro dans sa main osseuse et criait dedans avec sa voix de crécelle :

– Soyez les bienvenus, mes petits Bourdons ! Je vous souhaite à tous une excellente soirée avec les boules de laaaa CHANCE !

Quelques gouttes de salive ont jailli de sa bouche.

Oscar, à côté de moi, a froncé le nez d'un air effaré.

Et puis c'est parti.

En fait, c'est très simple, le loto : on a un petit carton avec tout plein de chiffres dessus. Les chiffres sont tous différents et ils sont placés dans une grille de petites cases carrées.

CARRÉ : *avec quatre angles très droits et quatre côtés très égaux. Si les côtés d'une case ne sont pas très égaux, on ne dit pas qu'elle est carrée mais rectangulaire. On peut aussi basculer la case dans une direction, on appelle ça un losange. Si elle n'a aucun angle, ce n'est plus une case mais un cercle. Si on bascule le cercle, il s'appelle aussi autrement, mais si je continue à y réfléchir je vais moi-même tomber à la renverse.*

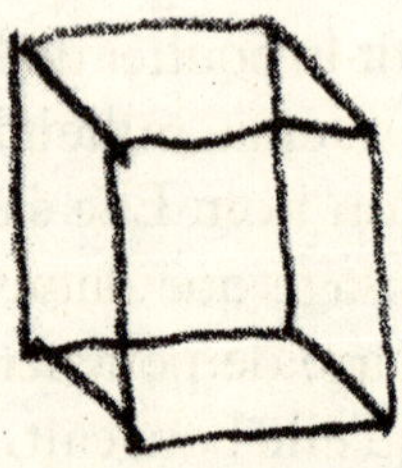

Dans chaque case, il y a un chiffre. Si la grille comprend donc dix lignes côte à côte et l'une au-dessus de l'autre, ça fait… pas mal de cases avec des chiffres dedans.

Mais voilà ce qui est vraiment important : la chef du loto, l'affreuse Ellie, est sur la scène devant un grand boulier rond qui contient une quantité de boules avec tous ces chiffres dessus. Elle détermine une rangée de cases de la grille – par exemple celle du haut – et le boulier se met à tourner. Dès qu'il s'arrête, l'affreuse Ellie en tire une boule, sans regarder bien sûr, pour que personne ne puisse lui reprocher de tricher. Puis elle crie par exemple « Dix-sept ! », et alors on doit se magner de regarder sur son carton si on a le dix-sept dans la rangée du haut. Si on a la chance de le trouver, on peut le rayer. Malheureusement, le boulier s'arrête à de très brefs intervalles, et le tirage des boules est aussi hyper rapide, c'est pour ça que je n'ai généralement pas le temps de regarder mon carton. Et quand en plus on est assis dos à la scène, on a intérêt à s'appeler Oscar pour pouvoir vérifier à toute berzingue, et avec le bout de la langue entre les dents, non seulement ses propres chiffres, mais aussi ceux qui sont sur mon carton et sur ceux de maman et de M. van Scherten.

Je n'arrivais même pas à vérifier les miens, mais ça j'avais l'habitude. Je suis toujours trop lent et je n'ai jamais gagné. On gagne quand on a rempli toutes ses rangées de chiffres en premier. On crie alors : « Carton ! »

Les Bourdons gris hurlaient et bourdonnaient, M. van Scherten rayonnait en bombant son torse velu sur lequel sa chemise était tendue comme un coussin éclaté. Quand maman est montée sur la scène en rougissant, Oscar l'a suivie des yeux en fronçant les sourcils. D'un regard sévère, l'affreuse Ellie a comparé les chiffres rayés par maman avec ceux qu'elle avait tirés du boulier. Puis elle a esquissé un petit sourire.

Comme souvent, comme presque toujours même, maman a gagné un sac à main en plastique bon marché. Comme souvent, comme presque toujours même, j'aurais acclamé et sifflé maman moi aussi. Mais à partir du moment où elle a récupéré son prix mon regard est resté fixé sur Oscar. Je voyais parfaitement son visage.

Et, je ne sais pas pourquoi, un frisson glacial a traversé tout mon dos.

Sur le chemin du retour, maman nous a mis deux euros dans la main à chacun.

– Vous n'avez qu'à vous prendre une glace chez *Isabel.* Je pars devant, a-t-elle dit en filant, son horrible nouveau sac en plastique sous le bras.

On est allés se chercher une glace, mais je ne l'ai pas trouvée aussi bonne que celle de la place Viktoria. Je ne pouvais pas m'empêcher de penser à l'expression consternée d'Oscar, tout à l'heure au loto, mais je n'osais pas lui en parler. Il marchait lourdement à côté de moi, sans rien dire, très concentré sur sa glace. En tout cas, il en avait l'air.

Quand on est arrivés à la maison, maman s'était enfermée dans la salle de bains. Je savais qu'elle y resterait un moment, j'ai donc pris une bonne inspiration et j'ai suivi Oscar dans ma chambre. Il était penché sur son sac à dos.

– Brosse à dents, dentifrice, fil dentaire, murmurait-il avec les trois objets à la main. Où est le verre à dents ?

– Tu peux utiliser le mien, ai-je dit. Oscar ?

Mon cœur battait la chamade.

– Hm ?

– Écoute, au loto tout à l'heure…

Il pestait tout seul en brandissant son sac à dos de sa main libre, puis il l'a renversé et secoué.

– Oscar !

Il m'a enfin regardé.

– Tout à l'heure au loto, quand maman a gagné… Tout à coup tu as eu un regard bizarre. Et quand maman est revenue de la scène avec le sac en plastique, tu as eu un regard encore plus bizarre. Comme s'il y avait quelque chose d'anormal ou même de très grave. Comme si tu avais eu peur de quelque chose.

Il a juste reniflé en me passant devant pour aller dans le couloir. Je l'ai suivi. J'avais envie de lui hurler dessus, mais maman nous aurait entendus.

– Et à la fin, ai-je ajouté en chuchotant, tu m'as regardé, moi, comme si tu allais te mettre à pleurer ! Qu'est-ce qui s'est passé ? Dis-le-moi, s'il te plaît !

J'ai failli me mettre à pleurer moi-même. Je ne pouvais pas comprendre qu'Oscar ne veuille pas me faire confiance. Ses lèvres étaient complètement pincées, comme si ses immenses dents avaient planifié une évasion dont il fallait absolument les empêcher, et il me fixait avec un tel regard que j'aurais préféré qu'il remette ses lunettes de soleil. Ce n'était pas un regard méchant, il était juste différent, comme si…

On a sursauté tous les deux en entendant une clef tourner bruyamment. Maman est sortie de la salle de bains et elle était hyper classe, chic de chez chic, comme toujours quand elle va au club. Elle s'est rapidement inspectée dans notre beau miroir aux angelots joufflus et dorés. Elle portait une robe de fin tissu rouge, qui à première vue avait l'air tout à fait banale. Mais elle ne l'était pas. On l'avait achetée ensemble dans une boutique, avec Irina bien sûr. Quand maman se mettait devant une lumière avec cette robe, on voyait tout de suite qu'elle avait une super silhouette, parce que le tissu devenait presque transparent. Oscar la regardait avec des yeux de merlan frit.

– Bon, je dois y aller, mes petits hommes.

Maman a pris son sac à main au passage. Le machin en plastique qu'elle avait gagné avait complètement disparu. Elle l'avait sans doute fourré dans son armoire en arrivant, et il y croupirait jusqu'à ce qu'elle le vende sur eBay.

– Soyez sages et faites bien attention, hein ?

Elle s'est baissée vers moi dans un nuage de parfum et m'a embrassé sur la joue. Elle a passé une main dans les cheveux d'Oscar, qui avait toujours le regard fixé dans sa direction alors que la porte s'était refermée derrière elle depuis longtemps.

– Elle va où, maintenant ? Elle sort ?

– Elle travaille.

– À cette heure-là ?

– Hm. Maman est gérante d'un night-club.

– D'un night-club ? a-t-il dit en se retournant brusquement vers moi.

J'ai haussé les épaules.

– Il faut bien que quelqu'un y travaille. Sinon les hommes ne peuvent pas passer une bonne soirée.

– C'est vrai, a dit Oscar lentement.

Puis il s'est à nouveau tourné vers la porte dans un sursaut.

– Mais est-ce que ça veut dire que ta mère… c'est-à-dire… que c'est une… une femme perdue ?

J'étais quand même soulagé. Sur le moment, j'avais craint qu'il ait quelque chose contre le métier de maman. Il y a des gens qui pensent que ce n'est pas une dame à cause de ça.

– Maman ne se perd jamais, elle n'est pas comme moi.

Je lui ai mis la main sur l'épaule pour le pousser devant moi.

– Viens, je vais te montrer ton matelas pneumatique.

– Il faut d'abord se laver les dents, a-t-il dit en se dégageant de ma prise.

Et il a filé dans la salle de bains. *VOUMS*. Porte fermée.

Je l'ai regardé disparaître en me mordant la lèvre inférieure. Cela ne servirait à rien d'insister davantage. S'il ne voulait pas parler, il ne voulait pas. Peut-être me raconterait-il demain ce qu'il lui arrivait.

Tout à l'heure, alors qu'Oscar était en train de se blottir dans le sac de couchage de Berts, sur la prairie fleurie, je me suis mis à la fenêtre.

– On ne voit pas la lune, ai-je constaté.

– Parce que c'est la pleine lune, a dit Oscar derrière

moi d'une voix endormie. La lune est cachée par l'ombre de la terre.

Si je lui demandais maintenant ce qu'était l'ombre de la terre, j'aurais sûrement droit à une réponse compliquée. J'ai préféré écraser mon nez contre la vitre.

– Mais si on pouvait la voir, ce serait un visage.

– Non. Si on pouvait la voir, ce serait…

Il s'est interrompu pour bâiller longuement, et ensuite sa voix n'était plus qu'un murmure :

–… ce serait une fenêtre avec des fleurs derrière. Quand c'est la pleine lune, une belle femme vient avec un arrosoir et elle leur donne de l'eau pour qu'elles ne se fanent pas.

– C'est vrai ?

Je me suis efforcé de regarder le ciel noir et d'imaginer la lune là-haut. Puis je me suis encore plus efforcé d'imaginer derrière la lune imaginée une femme avec un arrosoir et, devant elle, les fleurs, mais je n'arrivais pas à voir les fleurs parce que j'avais déjà du mal avec l'arrosoir.

– Oscar ? Est-ce que c'est des fleurs dans un vase ou sur le bord de la fenêtre ?

Plus un mot.

Je me suis retourné. Il s'était endormi. Je me suis doucement approché de son matelas. Il s'était tourné sur le côté. Je me suis mis à genoux près de lui et je l'ai secoué par l'épaule.

– Oscar ? Réveille-toi, s'il te plaît. Il faut encore que je te dise quelque chose.

Pour toute réponse, j'ai entendu sa respiration profonde et régulière. Il avait l'air minuscule, comme la plus petite créature du monde, et en même temps il me rappelait la gigantesque lune : il avait l'air tout près, mais en réalité il était loin et inaccessible. Je me suis penché jusqu'à son oreille.

– Je te le dis quand même, ai-je murmuré. Je suis désolé pour toi que ta maman soit partie. Je suis aussi désolé que ton papa ne soit pas sympa avec toi.

Au moment où j'allais me relever, j'ai pensé à une autre phrase.

– Tu m'as beaucoup manqué.

Je me suis faufilé jusqu'à la porte sur la pointe des pieds, j'ai éteint la lumière et suis allé dans le salon pour allumer l'ordinateur. Mais il était déjà allumé, j'entendais le léger bourdonnement de la ventilation. J'ai bougé la souris. Maman aime bien les dauphins et les baleines, c'est pour ça qu'on voit une photo de baleine dès que l'écran s'allume. La pointe de sa nageoire caudale touche justement le W avec lequel j'ouvre le truc de traitement de texte, et devant sa grande gueule se trouvent les quatre lettres colorées sur lesquelles maman clique pour aller sur eBay. Il y a quelques autres lettres et symboles sur l'écran, et ils ont tous quelque chose en commun : le dernier sur lequel on a cliqué a une petite ombre derrière. J'ai regardé attentivement : l'ombre grise se trouvait derrière les lettres en couleur. Pendant qu'Oscar et moi on était chez le glacier, maman avait visiblement mis une annonce pour vendre son sac à main flambant neuf.

Comme si c'était urgent. Maman a pourtant dit que grâce à l'héritage d'oncle Christian on avait assez d'argent. Elle veut sans doute se débarrasser le plus vite possible de cette horreur. Je me demande quand même, chaque fois qu'elle envoie un sac à main du loto par la poste, qui peut bien acheter ces trucs à deux balles.

Je me demande aussi pourquoi j'ai oublié de réclamer à M. van Scherten le chocolat qu'il m'avait apporté. Je ne me sentirais pas aussi malheureux si je l'avais.

Mercredi

Une petite lueur d'espoir

Les cloportes sont des bestioles à la carapace grise. J'en ai vu dans la cour du fond quand Mommsen la déblayait. Ils ont de petites pattes et des antennes encore plus courtes, et ils vivent sous les grosses pierres parce qu'ils aiment l'obscurité et l'humidité. Quand on retourne une de ces pierres ça les excite terriblement, ils foncent partout comme de minuscules véhicules à chenilles et se cherchent une nouvelle cachette. S'ils n'ont pas de chance, ils tombent dans un trou boueux et c'est fini pour eux. Ils ont beau gigoter, leur lourde carapace les tire impitoyablement vers le bas. Ils font un dernier signe d'antenne à leurs camarades cloportes et ils se noient. Je ne comprends pas pourquoi on appelle les concierges des cloportes, en tout cas ce n'est pas gentil, même pour Mommsen.

Quand je me suis réveillé, je me sentais comme le plus gros cloporte de tous les temps. Oscar était toujours couché sur la prairie fleurie, bien blotti dans son sac de couchage. Maman dormait dans sa chambre sous sa couette préférée avec les dauphins et des fruits de mer dessus. Ni l'un ni l'autre ne voulait me confier ce qu'il lui arrivait. Et je ne savais pas du tout comment les faire parler.

Je me suis levé d'un bond, j'ai secoué Oscar pour le réveiller et je suis allé aux toilettes. Les jours comme ça, qui commencent mal, on est à peu près sûr de pisser à côté, alors j'ai préféré m'asseoir sur les WC. Puis je me suis lavé les mains, le visage et les dents et j'ai filé dans la cuisine. La table était déjà mise et il y avait un sachet de la boulangerie posé dessus, qui sentait délicieusement bon – maman nous avait apporté des petits pains frais. Mon humeur s'est instantanément améliorée : avec des petits pains frais, on peut sortir un peu la tête du trou. J'ai pris le beurre et le lait dans le frigidaire et le Nutella sur l'étagère. De temps en temps, j'aime bien aussi manger du muesli croustillant au petit déjeuner, mais Mommsen a dit un jour que le chocolat était meilleur pour les nerfs.

Oscar est resté des heures dans la salle de bains, à croire qu'il faisait passer chacune de ses dents par une station de lavage. Lorsqu'il a fini par entrer dans la cuisine, ses cheveux étaient si bien peignés que sa raie ressemblait à un trait de craie blanche, et il s'est assis avec le dos tout droit, comme s'il était dans un restaurant chic. Il a balayé la table du regard et froncé les sourcils.

– Il n'y a que du pain blanc et de la crème au chocolat ?

– Il y a aussi du muesli, si tu veux.

– Du muesli bio ?

Super ! Je m'en doutais un peu. Il faisait donc bien partie de ces enfants hyper sains qui n'ont pas le droit de manger des sucreries, des hamburgers et des poissons panés parce que leurs parents ont peur qu'ils tombent raides morts. Ils n'ont pas le droit non plus de regarder la télévision, en tout cas pas de films policiers où ça pète de partout, parce qu'ils risqueraient de devenir plus tard des criminels qui en feraient tomber d'autres raides morts. Si c'est vrai, je risque de mal finir à cause d'un peu de Nutella et de Miss Marple.

– C'est du muesli croustillant sucré, ai-je dit en montrant l'étagère. Il n'y a pas de bio dedans, mais c'est bon.

Oscar a froncé le nez.

– Dans ce cas je peux aussi bien manger un petit pain blanc. Dans le muesli normal il y a des trucs mauvais pour la santé.

– Quels trucs mauvais ?

– Des fongicides, des pesticides… Que des poisons invisibles.

PESTICIDE : un poison contre la peste. Au Moyen Âge, on appelait aussi la peste la « mort noire ». La mort noire ressemblait à un squelette avec la cape de Batman. Elle courait partout avec une faux et fauchait des millions de gens. S'il y en a une comme ça qui se balade dans le muesli, je suis tout à fait d'accord pour l'écraser.

Quant à l'autre mot, je ne l'avais jamais entendu.

– C'est quoi un fongimachin ?

– Un poison contre les champignons.

J'ai regardé fixement le paquet qui était sur l'étagère.

– Et il y en a dans le muesli ?

– En tout cas c'est possible.

J'étais assez d'accord pour empoisonner la peste, mais l'histoire des champignons je trouvais ça exagéré. Si on en trouve dans le muesli, on n'a qu'à les enlever.

Quand on a sonné à la porte d'entrée, Oscar était toujours en train d'osciller avec son regard affamé entre les petits pains posés sur la table et le paquet de muesli, comme s'il se demandait ce qui lui offrait la plus grande chance de survie. J'ai bondi de ma chaise et foncé dans le couloir. Tous les habitants de l'immeuble savent que maman dort jusqu'à midi et qu'il ne faut pas la réveiller. Les seuls qui ne respectent pas ça sont les doubles jumeaux Kessler.

« Non, surtout pas », me disais-je en ouvrant la porte.

Mais si, c'était bien eux !

Enfin, ils n'étaient qu'à moitié là, mais comme par hasard c'était les filles.

– Bonjour, Rico ! m'a hurlé Mele à la figure.

En réalité, elle s'appelle Semele, mais personne ne l'appelle comme ça. Par-dessus son épaule, j'ai vu que la porte de l'appartement des Kessler était ouverte.

– On est rentrés !

Tout l'immeuble était maintenant au courant, forcément. Avec un peu de chance, Fitzke l'avait entendue aussi et il allait surgir pour engueuler Mele qui troublait son calme ou l'ordre public. Tiens, au fait, depuis que j'étais rentré de l'hôpital je ne l'avais vu qu'une fois par la fenêtre. On aurait dit que Fitzke se cachait du monde depuis l'épisode avec Mister 2000.

– Vous êtes rentrés quand ? ai-je demandé.

– Ce matin, très tôt ! a hurlé Mele. On a dormi dans la voiture ! Jonathan a ronflé !

Quelles nouvelles passionnantes. Jonathan et Ludwig sont la paire la moins pire des doubles Kessler, mais il faut dire qu'ils n'ont que six ans. Mele et Afra ont juste un an de plus, mais elles sont au moins dix fois plus énervantes. Je préférais ne pas imaginer comment les Kessler avaient voyagé à six dans leur énorme voiture, coincés comme des sardines en boîte, dont une sardine ronflante. Je n'aime pas quand c'est serré autour de moi.

Afra était à côté de sa sœur et ne faisait que rire bêtement en me regardant avec des yeux ronds. Sa langue pendait un peu. J'avais l'horrible impression qu'elle allait me sauter dessus et me lécher comme un Jack-Russell. À côté d'elle, sur le seuil, était posé un petit sac de sport vert.

Il y a des jumeaux monozygotes et dizygotes. Ceux qui sortent d'un seul œuf se ressemblent parfaitement, et parfois j'aimerais bien que ce soit le cas des filles Kessler. Comme ça, j'aurais deux fois moins de frayeur quand je rencontre l'une d'elles dans l'escalier. Mele et Afra portent les cheveux à l'épaule, mais c'est bien leur seule ressemblance. Mele a des boucles blondes et des yeux bleus, et elle est plus grande que sa sœur, tandis qu'Afra a des cheveux bruns et lisses et des yeux gris.

– Qu'est-ce que vous voulez ? ai-je demandé.

– Te dire bonjour ! a hurlé Mele. Est-ce qu'on peut entrer ?

Afra a gloussé.

– Ma mère dort encore, ai-je chuchoté. Alors arrête de crier comme ça, s'il te plaît !

– Est-ce qu'on peut quand même entrer ? a demandé Mele, dans un volume enfin normal. Nos vacances étaient géniales, et les tiennes ? Est-ce qu'on t'a manqué ?

– Peut-être, j'ai pensé à vous de temps en temps.

Il faut faire attention à ce qu'on dit aux petites filles, sinon elles se mettent à pleurer au quart de tour, parce que ce sont des êtres sensibles qui se vexent facilement. C'est Julia qui me l'a expliqué la fois où elle parlait avec maman en lui racontant que les hommes ne font que piétiner les sentiments des femmes.

SENSIBLE : sentimental. À partir de deux sensibilités à la fois ça devient très difficile et, à trois, on croule sous la compassion. Si on n'a pas de sentiment, on est insensible, mais on reste toujours de bonne humeur, par exemple quand quelqu'un tombe dans l'escalier sous notre nez. Il faut d'ailleurs le laisser par terre, sinon ça ne compte pas.

C'était évident que Mele et Afra n'étaient là que parce qu'elles voulaient entendre encore une fois, dans ma bouche, tout ce qu'elles avaient entendu, vu ou lu pendant les vacances sur les enlèvements de Berlin. Jusqu'au moindre détail. Le ravisseur avait vécu dans le même immeuble qu'elles. Et moi j'habitais dans le même immeuble qu'elles. J'étais donc au moins aussi intéressant qu'une popstar. Et pas seulement moi, mais aussi bien sûr…

– Hé, c'est l'autre ! a soudain glapi Afra.

Je me suis retourné. Oscar était derrière moi. Il tenait à la main un petit pain avec du Nutella qui débordait littéralement des deux côtés, et sa lèvre supérieure était barbouillée de marron. Il avait l'air complètement dingue avec ses énormes lunettes de soleil, mais Afra le fixait quand même avec enthousiasme, comme ces filles hurlantes qui jettent des ours en peluche et des sous-vêtements sur la scène pendant les concerts de rock. Ce qui prouve bien que certaines filles ne sont pas seulement sensibles et susceptibles, mais aussi désespérément zinzin, parce qu'il n'y a aucun garçon au monde qui accepterait de mettre une culotte avec des fleurs roses ou avec des petits papillons dessus.

– Quel autre ? a demandé Oscar.

La porte de la chambre s'est ouverte à côté de lui et maman est sortie dans le couloir, complètement endormie. Elle ne s'était même pas donné la peine de mettre sa robe de chambre avec les jolies inscriptions japonaises. Elle n'avait pas de tee-shirt non plus. Oscar regardait ses seins nus d'un air ahuri. J'étais bien content que maman ne soit pas allée à un concert de rock la veille ; elle portait au moins une culotte.

– Mele ? a-t-elle dit avec une voix comme un glaçon.

– Oui, madame Doretti ?

– Embarque ta sœur et fichez-moi le camp. Les visites c'est plus tard.

– Mais…

– J'ai encore deux places devant ma fenêtre. Si je vous y suspends, les gens penseront que l'immeuble porte une cravate.

– On voulait juste…

– Au revoir !

– Exactement ! ai-je ajouté en montrant l'étage en dessous. Et n'oubliez pas votre sac.

Mele a rejeté sa tête bouclée en arrière en tournoyant sur elle-même et s'est précipitée chez elle, suivie d'Afra, qui était toujours en train de rire, on ne savait pas pourquoi. Juste avant d'arriver à sa porte, Mele s'est retournée encore une fois pour dire d'un ton pincé :

– Ce stupide sac n'est pas à nous. Il était déjà là.

Puis elle a claqué sa porte tellement fort que la rampe d'escalier a vacillé. Fitzke ne pouvait pas être chez lui. Sinon il y a longtemps qu'il serait tombé à bras raccourcis sur les jumelles.

– Deux, a dit Oscar à côté de moi, d'un air absent.

– Quoi ?

– L'immeuble aurait deux cravates.

Ses oreilles étaient rouge pivoine et il avait toujours le regard fixé sur maman, qui a fini par croiser les bras devant sa poitrine en secouant légèrement la tête, comme si elle venait de se souvenir qu'il existait aussi des petits garçons sensibles.

– Pardon, a-t-elle bredouillé. Mais à cette heure… Bon, je vais vite enfiler quelque chose.

Le regard d'Oscar s'est détaché d'elle et est tombé sur le sac de sport vert. Ses lèvres sont devenues toutes minces. Il a pris le sac et s'est traîné jusqu'à la cuisine en passant devant moi.

– Hé, qu'est-ce que tu veux faire avec ça ?

– C'est à moi.

Il l'a posé négligemment sur la table, s'est rassis sur sa chaise et a saisi à toute vitesse la deuxième moitié de son petit pain, le beurre et le pot de Nutella.

– Et qui est-ce qui l'a déposé devant notre appartement ?

– Il y a des fringues dedans, a-t-il dit. Des chaussettes propres, des slips, des tee-shirts et au moins une chemise pas repassée. Un pantalon en velours côtelé marron, éventuellement un anorak et une autre paire de chaussures. Et sûrement aussi une lettre ou un petit mot.

J'ai ouvert la fermeture Éclair du sac et mis la main dedans. Le petit mot était sur le dessus. L'écriture était à peine lisible. « C'est à son écriture que l'on reconnaît une personne de qualité », m'avait dit Mme Dahling quand elle avait remarqué mes pattes de mouche. Elle aurait dû voir celle-là.

– Bonjour Tanja, ai-je commencé lentement à lire

ce gribouillis. J'espère que ça va si Oscar reste quelques jours de plus chez vous. Il faut que je prenne de la distance. J'appellerai bientôt. Lars.

J'ai reposé le papier. Qui était Lars ?

J'ai entendu derrière moi les pas de pieds nus dans le couloir et le froufrou d'une robe de chambre japonaise.

– De la distance par rapport à quoi ? a dit maman.

Mais je ne me suis pas retourné vers elle. Je ne pouvais regarder qu'Oscar. Il a refermé la deuxième moitié de son petit pain. Le Nutella qui débordait de sa lèvre supérieure était couvert de larmes.

Parfois, la tristesse est comme de grosses gouttes grises qui nous pleuvent directement dans le cœur ou dans l'âme. On a du mal à imaginer que la tristesse marche aussi sous un ciel bleu avec de petits nuages blancs, dans une rue pleine de hauts arbres verts à l'écorce qui pèle, où tout un tas de gens de bonne humeur se promènent ou sont installés aux terrasses des cafés et des restaurants. Et pourtant c'est le cas.

Oscar trottinait à côté de moi sans rien dire. Maman nous avait envoyés au supermarché Edeka avec une liste de courses de dix kilomètres, puisqu'elle devait nourrir trois personnes pour on ne savait pas combien de temps. Par ailleurs, Oscar avait le droit de choisir quelque chose de bon pour se consoler de la fuite de son père. J'avais peur qu'il se remette à pleurer si je faisais une gaffe, surtout à propos des parents, alors je préférais ne rien dire. Peut-être que ça suffisait, pour l'instant, si je le conseillais bien pour choisir sa consolation.

Au moment où on voulait entrer chez Edeka – il faut monter deux petites marches en traversant les légumes, les fleurs et les packs familiaux de papier toilette – un vieux monsieur soigné en sortait. J'allais me faufiler à côté de lui sans faire attention, mais Oscar s'est immobilisé si brusquement que ses lunettes de soleil ont failli tomber de son nez. Puis j'ai reconnu l'homme à mon tour. Je me suis entendu souffler moi-même :

– Monsieur Fitzke !

On aurait dit un nouvel homme. Ses cheveux qui partent d'habitude dans tous les sens étaient lavés et coiffés. Je n'ai pas vu le moindre poil de barbe sur son visage fripé. De plus, Fitzke portait un costume et non pas, comme d'habitude quand il sortait de l'immeuble, son vieux pyjama rayé. Sa veste grise était un peu râpée aux manches, mais toute propre. Et si son pantalon sentait le renfermé, en tout cas l'odeur ne venait pas dans ma direction.

– B'jour, Doretti.

Je ne pouvais pas le croire. Normalement, il m'appelle Simplet. Normalement, il ne parle pas mais il aboie pour que chaque mot nous morde les fesses. Normalement, Fitzke ne sourit pas non plus, alors que là il tordait ses commissures de quelques millimètres vers le haut, comme si quelqu'un lui avait expliqué à quoi ressemble un sourire quand on s'entraîne assez longtemps.

– Biscuits et jus de fruit, a-t-il dit en brandissant son sac à provisions. C'est bien la dernière fois, alors pas d'histoires. À trois heures chez moi.

Je le fixais d'un air ahuri.

– Ne me regarde pas aussi bêtement !

Il a pointé le doigt à côté de moi, comme si quelque chose venait par hasard de tomber du ciel ou de pousser entre les pavés.

– Et celui-là tu peux l'emmener.

– Celui-là, il s'appelle Oscar, ai-je dit.

– Je sais, c'était dans tous les journaux ! En plus, on s'est déjà rencontrés dans l'escalier, a-t-il dit en regardant Oscar en face. Tu es le petit chieur échappé de l'asile, qui voulait défoncer ma porte. Où est ton casque, d'ailleurs ?

– J'lai laissé à la maison, a marmonné Oscar.

– Quoi ? Enlève tes lunettes, je ne t'entends pas.

Oscar a relevé un peu ses lunettes sans rien dire. Ses yeux verts étaient aussi tristes et troubles qu'un étang plein d'algues. Normalement, il ne se serait jamais laissé traiter avec tant d'insolence. Malheureusement, je ne trouvais rien à répliquer non plus, parce que le boulier de loto s'emballait dans ma tête depuis une minute. Fitzke était bien Fitzke, mais en même temps ce n'était pas Fitzke.

– Hé, c'était une blague, abruti ! a glapi Fitzke. Remets tes lunettes. Elles ne risquent pas de tomber, avec tes oreilles.

– Je n'irai pas chez quelqu'un comme vous.

La voix d'Oscar tremblait. Ses doigts bougeaient sur ses flancs comme s'ils cherchaient quelque chose pour tambouriner dessus.

– Vous êtes trop méchant.

Son menton tremblait aussi, maintenant. Tout à coup, il s'est retourné et a traversé précipitamment pour descendre la rue Dieffenbach. Il n'a même pas regardé à gauche ni à droite, ni dans l'autre sens.

Fitzke a avancé la tête pour le regarder partir. D'en bas, j'avais une vue plongeante sur ses narines. Il en sortait de longs poils qu'il avait dû oublier en faisant sa toilette.

– Qu'est-ce qu'il a ? Il ne comprend pas la plaisanterie ? a dit Fitzke.

– Il a un problème nerveux, ai-je expliqué en prenant aussi mes jambes à mon cou.

– Et moi, j'ai un problème cardiaque ! m'a crié Fitzke. Venez à trois heures, donc, quatrième étage, compris ? Biscuits et jus de fruit !

Le bruit de mes pas sur le pavé faisait écho à ses paroles, deux, trois, quatre… deux, trois, quatre… Le fait qu'il manque le un devant allait bien avec cette journée.

J'ai failli rattraper Oscar au feu rouge de la rue Grimm, mais le petit bonhomme est justement passé du vert au rouge. Je l'ai vu bifurquer sur l'aire de jeu, devant les conteneurs à verre où on s'était rencontrés quelques semaines plus tôt. Quand c'est repassé au vert, je lui ai couru après. Il était assis sur un banc à l'ombre des arbres, devant le long grillage de l'aire de jeux.

Je me suis assis à côté de lui. Derrière le grillage, ça grouillait de marmots avec leurs mères et aussi quelques pères. Le soleil filtrait à travers le feuillage des arbres et dessinait des ombres sur les poussettes en mouvement. Pelles et râteaux farfouillaient dans le bac à sable, on faisait des gâteaux dans des moules de couleur, les petits manèges tournaient en rond. Un garçon s'était complètement emmêlé dans les cordes du portique à escalade et il pleurait pendant que sa mère l'aidait à se dégager tout en le grondant. Deux fillettes se balançaient tête en bas à la barre, et leurs

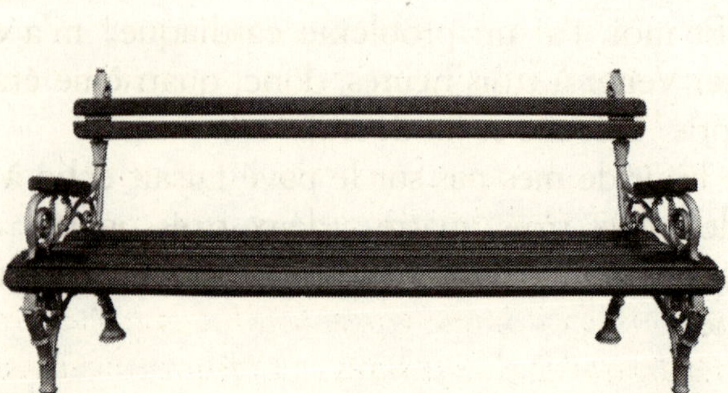

jupes leur recouvraient le ventre et la tête presque simultanément. On n'entendait que des piaillements et des cris de joie, c'était chouette et hyper vivant, mais Oscar, à côté de moi, était toujours pétrifié par son sentiment de grisaille.

– Je ne veux pas devenir comme ça, a-t-il dit d'une voix éteinte.

– Comme Fitzke ?

– Comme tous ces adultes. Il y a quelque chose qui ne va pas chez eux, a-t-il dit en repliant ses genoux devant sa poitrine et en les enlaçant. Comme si quelque chose s'était cassé chez eux à la puberté ou en vieillissant. Comme s'ils avaient des fissures ou des fêlures et que toutes leurs couleurs étaient parties jusqu'à ce qu'il ne reste plus que du blanc et du noir.

On est restés un moment à observer toute cette animation en silence. J'ai regardé un peu mieux les mères et les pères, mais ils avaient tous l'air intacts, en tout cas de l'extérieur. Puis j'ai observé les marmots en train de jouer, qui allaient tous grandir et vieillir un jour. J'ai plissé les yeux, mais je n'arrivais pas à voir s'il y avait déjà des fissures et des fêlures dedans.

PUBERTÉ : elle vient des hormones, ces petites choses chimiques qui se baladent dans le corps et le transforment. Les garçons ont une nouvelle voix et un plus grand zizi. Les filles ont droit à une grosse poitrine et à leur propre téléphone portable. Les fissures et les fêlures apparaissent probablement quand une hormone rate son coup.

Je ne suis peut-être pas un super cerveau, mais j'avais bien compris qu'Oscar pensait à un adulte en particulier, un adulte bien cassé.

– Ce n'est pas parce que ton papa déconne, ai-je dit lentement, que tous les adultes déconnent. Il y en a quelques-uns qui sont bien et qui ne sont pas tout en noir et blanc. Wehmeyer, par exemple. Mme Dahling, Berts et Julia. Et Ermann.

En fait, je trouvais que ça en faisait déjà beaucoup, même s'il fallait enlever un peu de couleur à Mme Dahling à cause de son sentiment de grisaille et à Ermann à cause de la carte postale de vacances qu'il n'avait pas écrite. Il s'est passé encore un peu de temps. Des moineaux se pourchassaient dans les arbres en pépiant. Le petit garçon qui pleurait juste avant était assis sur les genoux de sa mère. Ses yeux étaient très fatigués. Je savais parfaitement à quel point c'était agréable d'être blotti contre sa maman.

– Et aussi ma maman, bien sûr, ai-je ajouté d'un air réjoui en me calant en arrière. Maman est la meilleure de tous. Tu ne trouves pas ?

Oscar a retiré ses lunettes de soleil et les a délicatement posées à côté de lui sur le banc. Puis ses lèvres ont bougé :

– Rico ?

– Hm ?

– Hier soir, je l'ai vue cocher ses cases. Sur son carton de loto.

C'était une phrase tout à fait anodine. Mais Oscar

l'avait prononcée de telle façon qu'elle ne sonnait pas anodine. J'ai soudain eu le sentiment que de grandes mains froides étaient en train de fouiller dans mon ventre.

– Ses croix ne coïncidaient pas avec les chiffres tirés, a-t-il continué calmement. Mais ça ne dérangeait pas du tout ta mère. Elle voulait juste remplir son carton le plus vite possible.

– Tu veux dire qu'elle a… qu'elle a triché ?

Il a hoché la tête lentement, avec hésitation, comme s'il s'attendait à ce que je lui en colle une parce qu'il venait de dire du mal de ma mère. Au centre spécialisé, j'en avais collé une à Lawottny le jour où il avait dit que maman en était une et que tout le monde le savait dans le quartier. Seulement, il n'avait pas dit

qu'elle « en était une » mais avait employé un mot beaucoup plus vache. C'était encore pire qu'un gros mot. Ma baffe avait fait tomber Lawottny à la renverse, je m'étais jeté sur lui et assis sur son torse et je lui en avais collé une autre en lui hurlant que j'allais le hacher menu s'il répétait ça encore une fois. Sa lèvre saignait et il avait la morve au nez. Wehmeyer avait dû m'écarter de force et maman avait été convoquée au centre spécialisé pour un entretien. C'était la seule fois de ma vie où j'avais frappé quelqu'un. Je n'en suis pas fier, mais je referais pareil.

Avec Oscar, c'était différent. Il ne dirait jamais du mal de ma maman sans raison. Je lui ai quand même demandé :

– Tu es sûr ?

– Oui. Mais je ne savais pas comment te le dire. Ni même si je devais te le dire.

Je réfléchissais.

Puis j'ai eu une idée.

– Hé, mais la mère Wandbeck l'aurait remarqué ! Tu sais bien, la chef du loto. Elle compare les chiffres des cartons avec ceux qu'elle a tirés. Elle fait ça très consciencieusement.

J'ai regardé Oscar de côté. Il ne disait plus rien. Mais il pensait à quelque chose. Alors, comme si sa pensée était passée de sa tête à la mienne, j'ai eu la même idée. C'était comme si j'entendais le clic d'un interrupteur dans mon crâne, comme si la lumière s'allumait chez moi. C'était juste la faible lueur d'une petite ampoule avec peu de courant. Mais c'était assez clair quand même.

– Tu ne crois quand même pas que la mère Wandbeck sait que maman triche ? ai-je murmuré.

Pas de réponse.

– Mais c'est complètement stupide. Pourquoi est-ce qu'elle aiderait quelqu'un à gagner un sac à main en plastique inutilisable ? Maman en a déjà gagné des dizaines qu'elle a tous vendus aux enchères sur eBay !

– Rico, a dit Oscar tout doucement, j'ai vu le sac à main. Je l'ai même touché en cachette. Il était en cuir véritable. De crocodile ou d'alligator, à mon avis.

J'ai haussé les épaules.

– Et alors ?

– Tu ne comprends pas ? Ces sacs sont très chers. Si ta maman les vend vraiment sur eBay, elle doit gagner une fortune. La mère Wandbeck l'aide à faire ça. Elles font quelque chose d'illégal.

Illégal était un mot que je connaissais. Ça veut dire criminel. J'ai à nouveau entendu un bruit dans ma tête. J'ai d'abord cru que c'était le clic de l'interrupteur. Mais je pense que non, en fait. Je crois plutôt que c'était le craquement d'une fissure ou d'une fêlure, et que quelques couleurs commençaient à sortir de moi.

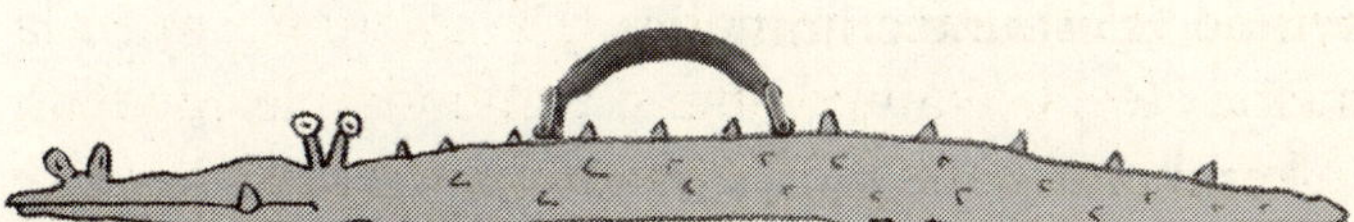

On est restés longtemps sur le banc. On a parlé, parlé. Au début, j'étais juste en colère, et ensuite j'ai été triste. Puis j'ai senti un doute, mais aussi une petite lueur d'espoir.

Après, Oscar a dit des choses très malignes. Qui m'ont d'abord fait éprouver beaucoup d'amour pour maman, puis les pires angoisses.

Finalement, on a pris une décision.

C'est grâce à Oscar que tout ça s'est déroulé à peu près dans l'ordre, sans que le boulier de loto explose dans ma tête.

Ça s'est déroulé dans cet ordre :

La colère :

Maman a sans doute falsifié son carton de loto je ne sais combien de fois, alors que j'étais là à chaque fois. Elle savait que je ne m'en rendais pas compte parce que je ne suis qu'un stupide handicapé !

La tristesse :

Maman ne me fait pas confiance. Quand quelqu'un ne nous dit pas quelque chose, ça peut nous faire pareil que quand il nous ment.

C'est sûrement parce que Ermann est policier que maman ne le laisse pas l'approcher. Il pourrait découvrir que c'est une criminelle.

Les doutes :

Maman ne ferait jamais volontairement quelque

chose qui risque de nous séparer. Par exemple, si elle devait aller en prison.

Maman ne peut pas sentir la mère Wandbeck. Elle a dit un jour qu'elle était terrifiée par ce squelette ambulant, et en le disant elle tremblait. Alors, pourquoi est-ce qu'elle collaborerait avec elle ? Et comment elles se connaissent, d'ailleurs ?

La petite lueur d'espoir :

Maman sait que je lui pardonnerais n'importe quoi. Si elle me ment quand même, elle doit avoir une très bonne raison. Mais laquelle ?

Les idées malignes (d'Oscar) :

Maman doit vendre les sacs pour la mère Wandbeck. Ces sacs sont sûrement volés – c'est ce qu'on appelle une marchandise illégale. Maman doit livrer l'argent à la mère Wandbeck et cette peau de vache s'en sort bien parce qu'elle ne peut pas se faire prendre !

Maman est donc probablement victime d'un chantage. L'affreuse Ellie doit la menacer de lui faire quelque chose si maman ne fait pas ce qu'elle exige. Ou alors, elle tient maman pour une autre raison.

– C'est en tout cas ce que j'imagine, a dit Oscar. La mère Wandbeck est la vraie criminelle. Elle utilise ta mère comme homme de main pour vendre les sacs.

– Femme de main.

– Si tu veux.

En fait, ça m'était égal, de toute façon je ne savais pas ce que voulait dire ce mot. Mais je ne voulais pas lui demander. J'étais assez perturbé comme ça, mon boulier de loto tournait à plein régime, je n'avais pas besoin d'un stress supplémentaire juste parce que Oscar se trompait parfois dans les genres et croyait que maman était un homme.

Le plus important, c'était qu'en fait maman était innocente. C'est pourquoi j'ai tout à coup ressenti…

Beaucoup d'amour :

Maman ne me ment que pour me protéger.

Maman supporte la peine et le chagrin parce qu'elle m'aime tellement.

Les pires angoisses :

Si maman travaille vraiment pour l'affreuse Ellie, sa vie est en danger. Car le jour où Ellie n'aura plus besoin d'elle, si par exemple tous les crocodiles et les alligators disparaissent soudain de la planète, elle zigouillera maman sans pitié. Les criminels font toujours comme ça.

Une fois que maman sera zigouillée, je serai orphelin. Même les orphelins très intelligents ne trouvent pas de parents, parfois. Et Ermann n'adopterait sûrement pas le fils d'une malfaiteuse morte.

La décision (d'Oscar et de moi) :

On ne dit surtout pas à maman ce qu'on a découvert. On commence par chercher le sac à main qu'elle a gagné hier. Il doit être dans sa chambre, peut-être qu'il traîne juste par terre ou qu'il est caché dans l'armoire. Si ça se trouve, il est juste en plastique et non pas en peau de crocodile. Deux précautions valent mieux qu'une.

Après on verra.

Toujours mercredi

L'élevage de pierres

On a failli oublier de retourner au supermarché pour faire les courses. Oscar a choisi un mélange de fruits secs qu'on appelle des « mendiants ». Il y a des raisins secs et diverses sortes de noix. Mme Dahling en met parfois sur la table quand on regarde un film policier à la télévision et qu'elle n'a pas envie de faire des minitartines. Je me demande bien pourquoi on appelle ça des mendiants.

– C'est quoi des minitartines ? a demandé Oscar lorsque je lui en ai parlé en payant à la caisse.

J'ai haussé les épaules.

– Ben des minitartines, quoi. Quand on découpe une tartine en plein de petites bouchées.

– Ah, tu veux dire des toastinettes !

– Il veut dire des canapés, a dit gaiement la caissière.

Je ne sais pas comment elle s'appelle et, de toute façon, je ne me serais pas souvenu de son nom à ce moment-là parce que plein de petites tartines avec des noms différents se sont mises à tournoyer dans ma tête à la place des boules de loto.

– Chez nous, on appelait ça autrefois des amuse-gueules, a dit derrière moi une voix chaleureuse.

La corbeille à pain, dans ma tête, était définitivement pleine. Je me suis retourné. Une femme très chic m'a décoché un grand sourire. J'ai d'abord pensé qu'elle me faisait une blague ou qu'elle aimait bien épier les petits garçons, puisqu'elle n'avait pas de panier à provisions. Puis j'ai vu une bouteille de vin mousseux dans sa main.

– Pourquoi des amuse-gueules ? ai-je demandé.

– Et pourquoi pas ? a-t-elle répondu en continuant à sourire.

Son étroit tailleur vert allait très bien avec ses cheveux roux et courts, et elle portait un collier de perles autour du cou. C'était sûrement de vraies perles.

Quand on est sortis du magasin, j'ai entendu la caissière lui dire :

– Quatorze euros quatre-vingt-dix-huit.

– C'est cher pour un simple mousseux, ai-je dit à Oscar, très impressionné.

– Ce n'était pas du mousseux mais du champagne, m'a-t-il murmuré. Et pour du champagne, c'est assez bon marché.

CHAMPAGNE : *du vin mousseux en plus cher, à partir de raisins pressurisés. On peut aussi faire sécher les raisins jusqu'à ce qu'ils soient tout ratatinés et ils finissent alors avec les mendiants. Et si on les fait tremper pour les ramollir, ils vont dans le gâteau au fromage blanc. Les raisins n'ont donc aucun moyen de s'en sortir. C'est sans doute le fruit le plus chassé au monde.*

Quand on est arrivés à la maison et que j'ai ouvert la porte de l'appartement, mes jambes ont commencé à trembler et dans ma tête ça s'est mis à crépiter et à pétarader. J'ai tout à coup eu l'impression que notre conversation sur l'aire de jeux n'était qu'un rêve. Et peut-être que c'était juste un mauvais rêve. Et si Oscar s'était trompé et qu'il n'avait pas bien regardé au loto l'autre soir ? Et si maman vendait vraiment des sacs bon marché sur Internet ?

Puis j'ai repensé à la tristesse de maman. Bon, c'est vrai que sa tristesse n'existait que depuis quelques semaines, alors qu'on allait au loto depuis des années. Mais est-ce que le regard-assez-lointain de maman ne pouvait quand même pas avoir un rapport avec ça ?

Criiiitch, criiitch, bang, bang...

– Il faut que j'aille aux toilettes, ai-je dit à Oscar.

Il a hoché la tête, m'a pris le sac à provisions des mains et a rejoint maman dans la cuisine. La radio était allumée, une musique ennuyeuse parvenait dans le couloir, la vaisselle s'entrechoquait dans l'évier.

J'ai disparu dans la salle de bains, fermé à clef et me suis assis sur le bord de la baignoire. Il était grand temps. J'avais les jambes en compote. Puis j'ai fermé les yeux.

Quand je vais très mal ou quand j'ai peur et que je ne veux pas qu'on le remarque, j'utilise depuis des années le truc de la petite boîte. Je l'ai inventé autrefois, quand je faisais encore pipi au lit. La petite boîte est posée sur une petite étagère dans ma tête. Elle est en bois sombre, avec une tortue représentée dessus. Je peux l'enlever de l'étagère, l'ouvrir et y mettre le truc qui me fait peur, par exemple le chantage que maman subit. Ça marche aussi avec les maths ou avec les rues qui ne sont pas droites, et d'autres choses de ce genre, mais comme la boîte est petite, on ne peut pas y mettre plus de deux choses à la fois. Ensuite, je referme le couvercle et je la remets sur l'étagère. La tortue veille à ce que le truc qui me fait peur se calme et, pendant ce temps-là, je peux réfléchir. Plus tard, quand je regarde discrètement dans la boîte, le truc s'est souvent ratatiné et transformé en une boule de loto normale, qui a le droit de revenir dans ma tête avec les autres.

J'ai donc ouvert la boîte, j'y ai mis ma peur pour maman et j'ai refermé le couvercle. J'ai caressé la grosse carapace de la tortue, parce que c'est vraiment une bonne copine, puis j'ai cligné des yeux, je les ai ouverts et suis allé dans la cuisine.

– … contient du fer et certains acides gras indispensables, que le corps ne peut pas fabriquer tout seul, expliquait Oscar de sa voix claironnante. On dit qu'ils stimulent les performances intellectuelles et qu'ils favorisent l'intelligence. Mais ça n'explique pas pourquoi on les appelle des mendiants.

MENDIANT : *quelqu'un qui demande de l'argent. Les moines qui ont choisi comme métier de demander de l'argent s'appellent des moines mendiants. Moi, je les aurais plutôt appelés des moines fainéants, mais bon. Et comme les gens préfèrent leur donner des noix et des raisins plutôt que de l'argent (pour ne pas qu'ils s'achètent de l'alcool et des cigarettes avec), on appelle ce mélange de noix et de raisins des mendiants.*

Maman m'a un peu souri quand je suis entré dans la cuisine. Oscar était assis incognito sur sa chaise et il la regardait faire la vaisselle en balançant les jambes. Le sac des courses était posé sur la chaise d'à côté.

– On a rencontré Fitzke, ai-je annoncé à maman. Chez Edeka.

– Ah bon… est-ce qu'il t'a traité de Simplet ?

– Il a dit Doretti. En plus, il s'était lavé et rasé. Il portait même un costume.

J'ai attrapé un torchon et une tasse mouillée et j'ai commencé à essuyer.

– Et il nous a invités chez lui !

Maman a froncé les sourcils.

– Il est malade ?

– Ça c'est sûr, a dit Oscar. Il a vraiment un grain.

Il balançait ses jambes un peu plus vite. Il avait l'air de vouloir se la couler douce dans notre cuisine, mais ce n'était pas possible. On ne peut pas vivre ensemble et que seul un ou deux fassent le travail. J'ai montré le sac des courses à Oscar.

– Tu pourrais peut-être aider. Parce qu'on a des règles, tu sais.

Le balancement de ses jambes a ralenti, puis s'est arrêté.

– Quelles règles ?

– Il y en a trois. La première règle, c'est que ta chambre doit être bien rangée. Tu dois faire ton lit, mettre toi-même tes vêtements sales dans le panier à linge de la salle de bains et passer l'aspirateur une fois par semaine…

– Je n'ai pas de chambre à moi.

– Tu as la moitié de la mienne. Mais puisque c'est toi, aujourd'hui je ferai nos deux lits, d'accord ?

– D'accord.

Oscar avait déjà sauté de la chaise et commencé à ranger les courses.

– C'est quand l'aspirateur ?

– Le samedi.

J'ai posé la tasse sèche sur l'étagère et pris une assiette mouillée.

– Deuxième règle : maman et moi, on descend la poubelle à tour de rôle.

Oscar a ouvert le frigidaire pour y mettre le lait et les yaourts.

– OK. Et notre tour c'est quand ?

– Quand ce n'est pas le tour de maman. Les yaourts en bas, derrière le beurre et la margarine.

– Et le tour de ta maman c'est quand ?

– Eh ben quand c'est pas à nous.

Il ne comprenait pas le principe, mais c'était peut-être parce qu'il était à moitié dans le frigidaire et qu'il entendait mal. Au pire, je pourrais le lui réexpliquer plus tard.

– Troisième règle, ai-je continué. Quand on fait la grosse commission aux toilettes, on doit obligatoirement utiliser la brosse après ! À cause des traces de frein.

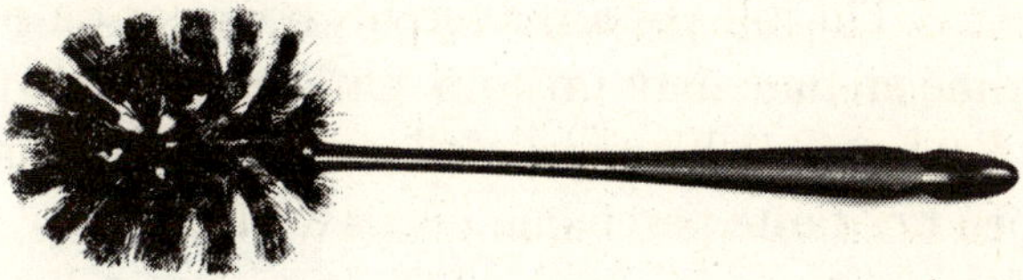

Oscar s'est retiré du frigidaire et sa tête est redevenue peu à peu visible. Ses lunettes de soleil étaient embuées et ses oreilles décollées rouge écrevisse.

– Ah, c'était donc toi ce matin ? a dit maman qui avait fini la vaisselle et se séchait les mains. Je pensais que c'était Rico qui avait oublié.

Son rougissement devenait vraiment préoccupant. La tête d'Oscar était entièrement touchée et, pour finir, même son cou. Cette rougeur descendait même probablement jusqu'à son derrière, qui était la cause de tout.

Maman a tout à coup plongé la main dans sa poche de pantalon et en a sorti une lettre pliée.

– À propos d'oubli… Tiens, de la part de Mme Dahling, c'est pour toi.

J'ai fixé les yeux sur la lettre.

– Elle te l'a donnée quand ?

– Pendant que vous faisiez les courses.

– Elle ne travaille pas aujourd'hui ?

– Elle a pris sa journée.

Maman souriait. Elle savait sûrement depuis longtemps ce qu'il y avait dans la lettre. Oscar était manifestement content de cette diversion car son visage retrouvait peu à peu sa couleur normale. J'ai ouvert la lettre. Du joli papier, avec un bouquet de fleurs imprimé en haut dans un coin. Une écriture très raffinée. J'ai lu à voix haute, et malheureusement de façon un peu hésitante parce que j'étais excité :

Cher Rico, je voudrais t'inviter à une petite fête chez moi, ce soir à sept heures. Il y aura des minitartines de première qualité, un dessert et un film de ton choix. Ta voisine et amie, Elke Dahling.

– Waouh ! me suis-je exclamé.

Maman a posé son torchon sur le dossier d'une chaise en continuant à sourire.

– Elle ne savait pas qu'Oscar habite provisoirement chez nous. Il est invité, bien sûr.

– Double waouh !

Je savais déjà quel film j'allais choisir. Regarder Miss Marple avec Oscar était un de mes vœux les plus chers, juste après le Jack-Russell.

– Bon, les garçons, je vais m'allonger un peu, a dit maman en nous quittant avec un signe de la main. Amusez-vous bien avec Fitzke.

On n'allait pas pouvoir inspecter sa chambre, mais pour le moment ça m'était égal. Le visage de maman était un peu gris, et ses cheveux avaient une façon triste et terne de lui tomber sur le front, qui n'était sûrement pas due seulement à la vapeur d'eau de la vaisselle.

– Tu ne vas pas bien ? lui ai-je demandé.

– Je suis juste un peu fatiguée. Je n'ai pas pu dormir ce matin, grâce aux petites piailleuses d'en face.

J'ai dû la regarder d'un air assez inquiet car elle m'a légèrement posé la main sur l'épaule en partant.

– Je vais vraiment bien, mon trésor, ne te fais pas de souci ! Tout va bien.

J'ai cru pendant un instant que la tortue allait s'évanouir, la boîte tomber de l'étagère et le couvercle s'ouvrir. Car j'ai repensé à la phrase que maman m'avait dite à l'hôpital avec la même voix, ferme mais bizarre : « Et tout ira bien, tu verras. »

Quand quelqu'un n'arrête pas de dire que tout va bien, même un maldoué avec des petits trous dans la tête se rend vite compte que ça veut dire exactement le contraire. Maman voulait se persuader elle-même de quelque chose auquel elle ne croyait pas.

Et moi non plus.

Sans la boîte-tortue qui était dans ma tête et sans les invitations de Fitzke et de Mme Dahling, j'aurais sans doute été très perturbé par le cas de maman. Mais là, on était assez occupés, Oscar et moi, même si j'ai dû beaucoup insister pour qu'Oscar m'accompagne, parce que Fitzke avait un grain etc.

J'avais hâte de goûter ses biscuits et son jus de fruit, mais surtout on allait enfin comprendre ce qu'il fabriquait avec ses pierres. Quand j'étais rentré de l'hôpital, j'avais déjà pensé à creuser un trou entre le cinquième et le quatrième étage pour percer le secret de Fitzke. Tant que les Runge-Blawetzky étaient en vacances, on aurait pu aller dans leur appartement, Oscar et moi, avec des pioches et des pelles, ou on aurait emprunté la perceuse de Mommsen. Et attendu que Fitzke parte faire ses courses. Et là, *KAVOUM* !

Mais comme Fitzke nous laissait entrer de lui-même, on n'avait plus besoin de creuser. Et, de toute façon, on aurait sans doute déguerpi tout de suite après s'être introduits dans son appartement, parce qu'il est tellement sale et en désordre qu'il faudrait convoquer un commando de nettoyage avec tenues protectrices et masques à gaz ! C'est une vraie porcherie. D'un autre côté, il a quand même une fantastique collection de pierres.

Des centaines de pierres y sont entreposées, des grosses et des petites, de tous les styles et de toutes les formes. Je n'aurais pas pu dire pourquoi, mais j'étais ravi. Les pierres sont rondes et lisses ou anguleuses et pointues. Il y en a de toutes les couleurs et de toutes les nuances, avec de petits grains ou de jolis motifs dedans ou dessus, ou sans rien du tout. D'autres ont du brillant incrusté dedans, ou de petites pierres en plus, rouges, vertes, bleues et jaunes, qui ressemblent à des diamants, des émeraudes et des rubis. Les pierres remplissent toutes les pièces. On ne peut même pas ouvrir complètement la porte d'entrée parce qu'on se heurte à des pierres. Il y en a sur les rebords des fenêtres, sur les étagères, au seuil des portes, dans tous les coins et les recoins. Je n'ai pas vu la chambre de Fitzke, c'était la seule porte fermée. Mais il y en a sûrement aussi dedans, sur et sous son lit, dans l'armoire, et ça aurait certainement valu le coup aussi de regarder dans la cuisine, à l'intérieur du frigidaire. Si le plancher s'enfonçait un jour sous le poids de toutes ces pierres, Kiesling ferait une drôle de tête en dessous. Mais pas longtemps parce qu'il ne tarderait pas à être enterré sous une énorme avalanche.

Ou à se noyer, parce que les pierres les plus cool sont les pierres d'eau. Dans son salon, il y a cinq gigantesques aquariums avec des bulles d'oxygène qui pétillent sur des tonnes de pierres différentes. Et pour une autre variété de pierres d'eau, Fitzke a installé dans la salle de bains, au-dessus de la baignoire, une sorte de gouttière penchée. Un tuyau fixé au robinet amène l'eau en haut, et elle retombe par la gouttière dans le trou d'écoulement. Car les bulles d'oxygène, comme dans l'aquarium, ne suffiraient pas aux pierres de la gouttière. L'oxygène doit vraiment leur passer dessus en permanence. J'ai mis un doigt dans l'eau glouglouteuse. Fitzke m'observait mais n'a pas protesté. Il portait toujours son costume gris. Il a fini par nous reconduire dans le salon. Les aquariums gargouillaient doucement autour de nous. Les rideaux étaient tirés, la lumière du jour entrait à peine.

– Et ça sert à quoi tout ça ? a demandé Oscar.

C'était un miracle qu'il arrive à voir quelque chose dans cette obscurité, avec ses lunettes de soleil. La lumière jaune blafard permettait à peine de distinguer quelques dizaines de piles de vieux journaux, des vêtements sales, des emballages déchirés qui avaient contenu de la nourriture un jour, des assiettes, des tasses, des couverts, des bouteilles et des verres usagés, des mouchoirs pleins de morve. Fitzke vivait là-dedans comme un homme préhistorique, dans une caverne aux sombres tapisseries, pleine d'ordures et de pierres.

– Eh ben, qu'est-ce que t'en penses ? a répondu Fitzke avec fierté.

– J'en pense que vous êtes siphonné depuis un bon bout de temps, a dit Oscar. Quand vous avez dit l'autre jour que je m'étais échappé de l'asile, vous vous êtes juste projeté.

La première moitié de sa tirade m'a fait tellement peur que j'en ai eu le souffle coupé. Pour la seconde moitié, j'ai dû demander ensuite à Oscar ce que ça voulait dire.

PROJETER : *quand on trouve quelqu'un débile à cause de quelque chose qu'en fait on trouve débile chez soi, mais on ne l'avouerait jamais. C'est de la psychologie. On peut aussi se gratter tout le temps la tête bien que ça ne nous démange pas, ou alors ça nous démange mais on ne se gratte pas. C'est aussi de la psychologie, mais avec une case en moins.*

– Pour commencer, tu vas me faire le plaisir d'enlever tes lunettes de soleil avant d'être insolent, a dit Fitzke en reniflant.

– Vous vivez dans des conditions hygiéniques préoccupantes, a poursuivi Oscar comme s'il n'avait pas entendu l'injonction de Fitzke. Dans les pays en voie de développement, le manque d'hygiène est l'une des premières causes de maladie. Vous devriez être content qu'il y ait l'eau courante chez nous...

– Tu m'as déjà raconté tout ça, petit finaud, a dit Fitzke en l'interrompant d'un geste dédaigneux. Si c'était vrai, je serais mort depuis longtemps. Mais puisque tu es si malin, tu peux sûrement expliquer ce que c'est, tout ça !

Sa main a esquissé un autre mouvement, comme s'il voulait ramasser toutes les pierres de l'appartement – qui d'ailleurs étaient rassemblées par paires, comme je l'ai remarqué à ce moment-là. Toujours deux par deux...

– C'est... plus qu'une collection, pas vrai ? ai-je dit calmement.

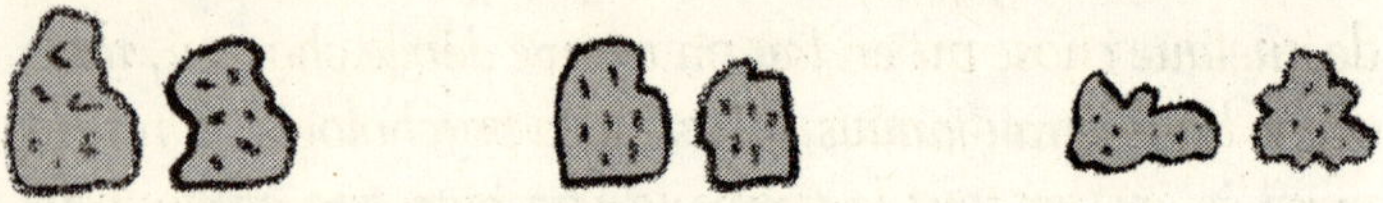

Et quand je dis calmement, je veux vraiment dire calmement. Je ne sais pas pourquoi, mais ces pierres éparpillées dans le noir me donnaient l'impression que le moteur de mon boulier de loto était tombé en panne. Ma tête était toute vide et calme, comme quand on contemple un vaste lac, très tôt le matin, et qu'il y a du brouillard sur l'eau grise et plate.

– Tu vois, petit finaud, a dit Fitzke en agitant un doigt noueux sous le nez d'Oscar, Doretti s'en sort mieux que toi !

– Plus qu'une collection ? a répété Oscar en nous regardant alternativement d'un air interrogateur. C'est quoi, alors ?

– C'est un élevage de pierres, ai-je dit tout doucement. C'est ça, monsieur Fitzke ?

Fitzke s'est contenté de pincer les lèvres en hochant la tête, mais avec un air assez triomphant. Comme s'il avait obtenu la preuve de quelque chose qu'il attendait.

Oscar a retiré ses lunettes de soleil, comme si lui aussi avait obtenu la preuve de quelque chose – que Fitzke avait non seulement un grain, mais que ce grain avait complètement cramé. C'est sans doute pour ça qu'il s'est mis tout à coup à parler avec lui comme avec un petit enfant qui s'apprête à mettre le doigt dans une prise pour jouer à « Je suis un sèche-cheveux » ou « Je suis un grille-pain ».

– Quand est-ce que vous avez commencé cette collection ? a demandé Oscar. Et l'élevage ?

– Quand j'étais enfant, après la mort de mes parents.

– Ils sont morts pendant la guerre ?

– Ma mère sous un bombardement, a répondu Fitzke, impassible. Mon père juste avant, d'une pneumonie. Je suis allé chez un oncle, un homme désagréable, mais qui m'a quand même légué ses pierres. Quand j'étais jeune homme, j'étais tout le temps par monts et par vaux pour trouver d'autres spécimens, pendant des années.

– Quels spécimens ? ai-je demandé.

Fitzke a levé les yeux au ciel.

– Bigre ! Quand est-ce que tu t'es rendu compte que ça sonnait creux dans ta caboche ?

Oscar a froncé les sourcils en pointant deux pierres posées devant l'armoire.

– Celle de gauche, c'est un zircon. Et celle de droite un quartz. Qu'est-ce que vous voulez qu'il en sorte quand vous les mettez côte à côte ? Historiquement parlant, elles sont apparues sur terre à des centaines de millions d'années de distance.

Fitzke a relevé un sourcil.

– Mais tu t'y connais un peu, dis donc ?

– Juste un peu.

– C'est quand même du bla-bla tout ça ! a tempêté

Fitzke. Des foutaises scientifiques qu'aucun éleveur de pierres ne prend au sérieux ! Tu dois développer la capacité de sentir quelle pierre est attirée par telle autre, c'est tout. Puis tu les mets ensemble. L'âge ne joue aucun rôle.

– Et si le sentiment est faux ? ai-je demandé.

– Tu t'en rends vite compte. S'il ne s'est rien passé au bout de huit ou neuf ans, tu les sépares. Tu peux ajouter un ou deux ans pour les pierres pointues, il leur faut naturellement plus de temps. Je sais pas pourquoi.

– Et ensuite ?

– Tu les mets avec d'autres pierres qui leur conviennent mieux.

– Avec un nouveau sentiment ?

Fitzke a hoché gravement la tête.

– Si on n'a pas le sentiment juste on ne peut rien faire.

Oscar levait les yeux au ciel. J'essayais de ne pas faire attention à lui et j'ai regardé tout autour de moi.

– Est-ce que ça a déjà marché ?

– Qu'est-ce que tu crois, que j'ai gaspillé ma vie ou quoi ? Bien sûr que ça a marché !

Fitzke s'est dirigé à pas lourds jusqu'à l'armoire de sa chambre, a sorti une petite clef de sa poche et ouvert maladroitement une des nombreuses portes.

– Il faut partir d'ici, m'a dit Oscar à l'oreille, le regard fixé sur le dos de Fitzke. Il est complètement timbré !

J'ai secoué la tête pour protester. Il n'était pas

obligé d'aimer ça, mais moi je trouvais ça excitant. J'avais même vachement envie d'élever quelques pierres moi aussi, même si je n'étais pas encore tout à fait convaincu que ça marchait. Mais j'avais des sentiments à la pelle, et avec ça j'arriverais sûrement à former quelques paires. Je trouvais certes que l'attente était un peu longue – à coup sûr, même les escargots se reproduisent plus vite, alors que ce ne sont pas les plus vifs –, mais sans doute que Fitzke se trompait quelque part et qu'on pouvait accélérer l'élevage.

Lorsqu'il s'est tourné vers nous, il tenait une petite boîte à la main. J'en ai eu le souffle coupé. C'était un vieux coffret en bois sombre avec un éléphant en ivoire incrusté dedans. Un peu plus petit que ma boîte-tortue, mais plus beau. La ressemblance était incroyable.

– Je ne l'ai encore montrée à personne. Vous êtes les premiers, a marmonné Fitzke en soulevant le couvercle. Voilà ma pierre d'élevage. C'est mon trésor le plus précieux.

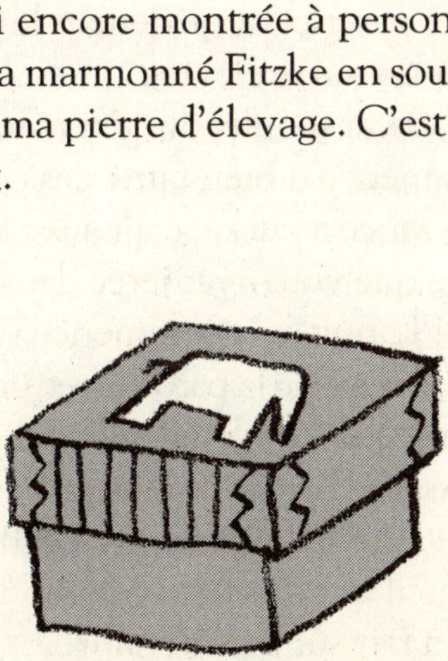

Je n'aurais jamais soupçonné que sa voix rauque pouvait être aussi tendre. Oscar et moi, on a tendu le cou en même temps. L'intérieur du coffret était garni d'un tissu bleu tout doux. La pierre elle-même était plus petite que l'ongle de mon pouce et elle avait la forme d'une pomme de terre, gris-brun avec une bande blanche au milieu. Elle avait l'air normale, je ne me serais jamais arrêté dessus dans la rue ou dans un parc. Je la trouvais quand même magnifique. J'ai tendu une main.

– Pas touche !

Fitzke a refermé la boîte illico presto. Si j'avais été un peu plus lent, je n'aurais plus de doigts à l'heure qu'il est. J'aurais dû être vexé, mais j'étais encore bien trop enchanté par toutes ces pierres, surtout celles de la salle de bains et la pierre d'élevage.

– Où sont ses parents ? ai-je demandé par curiosité.

– Vendus. À un autre éleveur.

J'ai entendu Oscar souffler discrètement. Ça voulait dire : « Ça commence à bien faire, ces conneries », et le regard qu'il a lancé à Fitzke avait aussi le même sens.

– Et la pierre que vous avez jetée dans la cour il y a deux semaines, la nuit… a commencé Oscar.

Mais Fitzke lui a coupé la parole avec un geste dédaigneux signifiant que ce n'était pas vraiment important ou intéressant. J'avais cru jusqu'à ce moment-là qu'il nous avait invités pour nous expliquer exactement comment il avait abattu Mister 2000. Je n'en étais plus tout à fait sûr maintenant.

– Cette pierre ne valait rien, a-t-il râlé. Elle a passé cinquante ans à traîner comme une paresseuse, tantôt dans cette pièce, tantôt dans une autre, jusqu'à ce que je cède et que, en 1998, je la mette avec les pierres d'eau de la salle de bains. Où elle a continué à se la couler douce. J'en ai eu ras le bol, donc je l'ai jetée dehors il y a deux semaines.

Il est retourné jusqu'à l'armoire, y a déposé le coffret contenant la pierre d'élevage et a retiré de l'étagère supérieure un gros livre à la reliure verte râpée.

– Mon journal. J'ai tout noté là-dedans : l'origine de chaque pierre, ses dates, quelle pierre est avec telle autre, depuis quand et dans quelle pièce. Et bien sûr les départs.

Il nous a fait signe d'approcher, a ouvert le livre et feuilleté quelques pages manuscrites couvertes de tableaux et de petits textes. Il avait même dessiné des croquis, ai-je remarqué avec étonnement. Ils étaient vraiment jolis.

– Tu ne peux pas les croiser n'importe comment, tu comprends, a-t-il dit en s'adressant directement à moi, comme si pour lui Oscar n'était plus là. Une pierre d'eau ne donne rien du tout avec une pierre des champs, c'est même pas la peine d'essayer. Besoins complètement différents. C'est pareil pour les pierres côtières et les pierres…

Au milieu de sa phrase, le dernier mot s'est transformé en un *kchhhh !* Fitzke a écarquillé les yeux en mettant une main sur sa poitrine. Avec l'autre main il gesticulait désespérément dans tous les sens.

– Salle de bains, a-t-il soufflé dans un râle.

Et il s'est étalé devant nous sur le tapis, en faisant tournoyer une très, très, très vieille poussière.

Quand les choses arrivent de manière aussi inattendue, je dois attendre un certain temps que ma pensée se mette en route. Avant que j'aie fini de réfléchir à la façon dont on pourrait transporter Fitzke dans la salle de bains et ce qu'il voulait y faire – parce qu'il s'était déjà lavé et tout, exceptionnellement, ce qui voulait forcément dire qu'il devait aller aux toilettes et il ne fallait pas qu'il s'imagine que j'allais lui baisser le pantalon –, Oscar avait déjà détalé depuis longtemps. Il était déjà revenu en tenant à la main une plaquette en plastique contenant des médicaments.

– Des bêtabloquants, a-t-il dit. Pilules pour le cœur. Ça doit être ça.

BÊTABLOQUANTS : *quand on stresse, notre corps est traversé par d'autres hormones que celles qui servent au zizi et aux seins. Elles s'arriment à des bêtas, le cœur se met à pomper vachement vite et dans le pire des cas* BING ! *Les bloquants empêchent les hormones de s'arrimer. Mon cerveau fonctionne pareil pendant la leçon de maths.*

Oscar a pris une pilule pour le cœur, il a soulevé la tête de Fitzke et lui a glissé la pilule entre les dents. J'ai attrapé un des verres sales qui étaient sur la table,

je l'ai rempli avec de l'eau puisée dans l'aquarium le plus proche et je l'ai fait ingurgiter à Fitzke. Ses lèvres plissées étaient bleu pâle et il a tremblé en prenant quelques petites gorgées.

– Doucement, doucement, a dit Oscar très calmement, comme s'il avait une grande expérience des hommes qui s'écroulent avant d'être arrivés aux toilettes.

Je regardais ses lèvres bleuâtres qui tremblaient et les longs poils de son nez juste au-dessus. Fitzke faisait le bruit d'un enfant qui pleure. Je n'aurais jamais cru qu'il pourrait me faire de la peine un jour. Je pensais que c'était du cinéma quand il disait qu'il avait un problème cardiaque. Personne ne le croyait dans l'immeuble. Tout à coup, je me suis trouvé minable.

– Est-ce qu'il faut appeler un médecin ? a demandé Oscar quand Fitzke a arrêté de trembler et s'est assis.

Ses vieilles lèvres retrouvaient peu à peu leur vraie couleur.

– Non, ça va aller, les pilules vont arranger ça, a-t-il protesté en se relevant difficilement.

Quand on a voulu le soutenir, il nous a violemment tapé sur les doigts.

– Ce maudit cœur me fait tourner en bourrique, c'est tout.

– Mais peut-être qu'on devrait quand même…

– J'ai pas besoin de médecin, nom de Dieu !

Fitzke nous a attrapés par les épaules et poussés dans le couloir, tellement vite qu'on a tous les deux trébuché.

– Et maintenant, déguerpissez, ouste. Dehors !

La porte s'est aussitôt ouverte avec fracas, il nous a poussés dans le dos et *VLAN* !

Eh ben, mon vieux ! Qu'il ne s'imagine pas qu'on lui sauvera la vie encore une fois. Et surtout pas avant qu'il ait dégainé les biscuits et le jus de fruit promis.

Presque jeudi déjà

Oscar contre Miss Marple

Cela pourrait être drôlement pratique d'écrire toujours mon journal la nuit, comme maintenant. Maman est au club, Oscar dort sur sa prairie fleurie et moi je devrais être tranquille, en principe.

Mais je ne le suis pas.

Depuis ce soir, je suis en colère contre Ermann.

J'avais espéré qu'à son retour de vacances il pourrait peut-être nous aider, Oscar et moi, dans cette histoire de sac à main, sans qu'on soit obligés de dénoncer maman. Mais je ne lui parle plus. Je suis content – oui, content ! – qu'il n'y ait rien entre maman et lui. Parce qu'elle serait obligée de faire des cures dans des maisons de repos pour les femmes blessées pendant que ce fumier – oui, ce fumier ! – en draguerait déjà une autre.

Il est comme ça, Ermann.

C'est un bourreau des cœurs.
Ah, là là là là !

Mais d'abord, je me suis énervé contre Oscar. Ça a commencé quand on est revenus dans ma chambre après l'élevage de pierres et que je me suis demandé à voix haute si je ne devais pas aimer quand même un peu Fitzke à cause de sa collection.

– Juste parce qu'il a eu un malaise ? a dit Oscar avec mépris.

Il avait enlevé ses lunettes et était planté devant mon étagère, dont il s'amusait à enlever les livres pour les examiner et à les remettre.

– Il déconne quand même. Il appelle un minable caillou son plus précieux trésor, alors qu'il ne vaut pas un centime !

– Mais s'il le trouve tellement précieux, c'est parce qu'il signifie beaucoup pour lui, ai-je protesté. C'est quand même sa première pierre d'élevage, qu'il attendait depuis cinquante ans et…

Oscar s'est tourné vers moi et m'a regardé fixement. Avec son regard vert et perçant auquel on ne peut pas échapper. Un regard qui a sa propre langue et dit des choses comme : « Tu crois n'importe quelle bêtise ! On ne peut pas élever de pierres ! Je me demande comment un maldoué comme toi peut être mon ami ! »

Et moi, j'étais là, sous cette foudre verte, et je ne pouvais pas répondre tellement je trouvais tout ça lourd, tout à coup. Surtout mon cœur. Depuis la veille, il glissait d'une catastrophe à l'autre. Je parie qu'il pesait plus lourd que les dix plus grosses pierres de Fitzke réunies. Ça avait déjà été triste pour Oscar, qui était lui-même une boule de chagrin énervée à cause de son père, et triste pour maman qui était une boule de chagrin angoissée, sans doute à cause du chantage. Maintenant, c'était aussi triste pour Fitzke, qui avait déjà été un enfant seul au monde et qui, pour échapper au sentiment de grisaille, avait trompé sa solitude avec les pierres.

Car je voudrais que les choses soient claires : je ne suis quand même pas débile au point de croire pour de vrai à l'élevage de pierres. Mais c'est chouette d'imaginer que ça pourrait marcher. C'est chouette de se laisser entraîner par son imagination comme dans un bassin d'eau fraîche en plein cœur de l'été. C'est sûrement ce que s'était dit Fitzke un jour. La différence entre lui et moi, à mon avis, c'est que, lui, ça fait longtemps qu'il croit que le bassin et l'eau existent pour de vrai et que la saison lui est complètement égale.

Maintenant que je pouvais y réfléchir calmement, je comprenais pourquoi j'avais tout à coup envie d'aimer Fitzke. Mais il y a quelques heures, quand Oscar était face à moi et me regardait fixement, je ne le savais pas encore. Ce n'était qu'un sentiment, et il est difficile de trouver tout de suite les mots qui correspondent à un sentiment ; en plus, je ne pouvais pas soutenir le regard vert d'Oscar. J'ai donc juste dit grossièrement :

– Tu peux penser ce que tu veux, espèce de clodo.

– Penses-y toi-même, tête de lard, a-t-il répliqué.

– Handicapé à lunettes !

– Dyslexique !

– Bouffon !

Je me suis jeté sur le lit, les yeux fixés sur le plafond, et je trouvais qu'Oscar était bête jusqu'à la fin des temps. Il a attrapé mon dictionnaire des mots étrangers et s'est retiré dans le salon avec, dans le fauteuil à réfléchir qui est près de la fenêtre. Je ne pouvais donc pas chercher le sens du mot « dyslexique », mais ça m'était égal. Je suis resté allongé à fixer le plafond de ma chambre, comme si j'allais y trouver des mots pour mes sentiments, mais je n'en ai pas trouvé et je me suis dit que j'aurais préféré être du genre rationnel. J'ai rangé plein de trucs dans ma boîte-tortue, j'en ai enlevé aussi, mais il n'y avait jamais assez de place, et finalement il n'y avait plus du tout de boîte-tortue dans ma tête, c'était la boîte de Fitzke avec l'éléphant incrusté, et il y avait une tortue dedans, et sur l'étagère il y avait une petite pierre avec la barre oblique de la fin du monde dessus, et là j'ai enfin renoncé.

Je n'entendais plus dans ma tête que des crépitements et des claquements monotones, et je me suis endormi sur ce doux bruit.

Le boulier de loto avait gagné, une fois de plus.

J'ai été réveillé par la voix d'Oscar, qui parlait de bêtes qui se disputent, ou un truc de ce genre. Quand j'ai ouvert les yeux, il était assis à côté de moi sur le bord du lit et mâchonnait ses mendiants.

– Qu'est-ce que t'as dit ? ai-je marmonné d'une voix endormie.

– C'est bête de se disputer. On devrait oublier tout ça, a-t-il dit en enfournant quelques noisettes. Ce n'est pas bon pour nous et ce n'est pas bon pour ta mère si on veut l'aider. Si tu veux tu peux élever des pierres, ça ne me dérange pas.

Il mâchait avec ses immenses dents et souriait.

– Et moi, en échange, j'ai le droit de garder mes lunettes de soleil dans le noir. D'accord ?

– D'accord. Je peux avoir quelques mendiants ?

– Tiens, c'est les derniers.

Il les a fait glisser de sa petite main moite dans la mienne.

– Il n'y en a plus du tout ?

– Si, dans la cuisine, mais il faut qu'on parte. Il est presque dix-neuf heures.

– C'est six heures ou sept heures ?

– Sept heures.

– Déjà ? me suis-je exclamé en me levant d'un bond. Maman dort encore ?

– Ça fait une heure qu'elle est debout. On a discuté tous les deux.

– De quoi ?

– Des mots qui commencent par G dans ton

dictionnaire : gigolo, globe-trotter, goniométrie, goulag, gutta-percha… Maintenant, elle est dans la baignoire.

– Qui ça ?

– Ta mère.

GALIMATIAS : *un mot en G dont Oscar a sûrement fait exprès de ne pas me parler. Il veut dire discours confus ou truc embrouillé. Il ne faut vraiment pas le laisser tout seul avec des livres.*

Il m'a suivi dans le couloir. J'ai frappé à la porte de la salle de bains en disant « Au revoir ». Maman a répondu dans un glouglou quelque chose qui ressemblait à : « Bonjour à Mme Dahling ! » Elle se prélassait sûrement dans son arôme méditerranéen, complètement épuisée, et rêvait d'un monde sans mots étrangers ou sans Oscar.

Moi, parfois, je rêve d'un monde sans les filles Kessler. Elles nous guettaient dans la cage d'escalier, comme si elles avaient flairé qu'on allait encore sortir aujourd'hui. Mele avait les bras pendus par-dessus la rampe, Afra cachait ses mains dans son dos. Elles nous regardaient avec un sourire béat, en mâchouillant leurs cheveux comme si c'était des pailles avec de la poudre effervescente à l'intérieur.

– Salut ! a hurlé Mele.

Afra a pouffé de rire.

Il y a longtemps, Mme Kessler avait raconté à

maman comment c'était d'avoir deux filles et deux garçons à la suite et de les élever :

– D'abord, on pense que la vie n'est plus qu'un nœud indémêlable. Que du stress et des cris, on court tout le temps. Mais finalement, n'est-ce pas, on constate que le nœud est constitué de plein de lacets de différentes couleurs.

Mme Kessler, avec un sourire un peu crispé, avait écarté d'une main les cheveux en désordre sur son front et gratté de l'autre les taches de bouillie sur son pull. Et Oscar et moi, on avait maintenant deux de ses lacets sur les bras.

– Vous allez où ? a crié Mele. Vous allez résoudre une nouvelle énigme ?

– On va là-haut, ai-je dit avec énervement en me faufilant entre elles pour monter.

Oscar a essayé de me suivre, mais n'a pas pu aller bien loin. Afra a tout à coup brandi une main devant lui. J'ai cru pendant un horrible instant qu'elle voulait lui mettre une petite culotte fleurie sous le nez. Mais c'était juste un ours en peluche.

Oscar a examiné le nounours à travers ses lunettes de soleil comme si c'était un extraterrestre à fourrure qui avait été assez bête pour faire un atterrissage d'urgence sur terre. Afra gloussait, mais sans baisser la main. Quand Oscar a fini par prendre l'ours, ses oreilles ont tellement rougi que j'ai cru qu'elles allaient se consumer comme le vaisseau spatial des extraterrestres en entrant dans l'atmosphère.

– Merci, a-t-il marmonné.

La voie était enfin libre et on a filé dans l'escalier, suivis par les gloussements excités d'Afra et par un dernier hurlement de Mele :

– Je te trouve super mignon, Rico Doretti !

C'est sûr, j'avais été dans les journaux et j'avais failli passer à la télévision. Mais l'année dernière, quand elle me voyait frapper poliment à la boîte aux lettres pour entendre s'il y avait du courrier dedans, elle me traitait de mongolito.

Ah, là là, les femmes !

Ça a fait du raffut, en bas, quand Mele et Afra ont disparu dans leur appartement. Presque au même moment, on a entendu un clac parce que j'avais déjà sonné et que Mme Dahling nous a ouvert la porte.

– Ah, mes invités ! s'est-elle exclamé en nous accueillant d'un air radieux.

Oscar lui a poliment tendu la main. Je l'ai examinée avec stupéfaction en me demandant s'il y avait un complot dans l'immeuble. Fitzke, d'abord, s'était mis sur son trente et un, et maintenant Mme Dahling.

Elle avait dû aller chez le coiffeur car, au lieu de ses boucles habituelles, elle portait une coupe courte très chic, avec des mèches, et…

– Qu'est-ce que vous avez fait à vos sourcils ?

– Épiler, a-t-elle dit en me lançant un regard inquiet. Ça ne te plaît pas ?

– Si. Je trouve que vous faites au moins dix ans de moins.

– Dix ans de moins que quoi ? a-t-elle aussitôt demandé avec méfiance.

– Qu'avant.

Elle a eu un sourire satisfait et j'ai respiré avec soulagement. On l'avait échappé belle. Irina m'avait un jour expliqué un truc à utiliser quand on parle de son âge avec une femme. D'abord, on se demande quel âge on lui donne réellement. Puis on en retire vite cinq ou six ans. Et quand on lui dit : « Vous faites dix ans de moins » (ça peut aussi être onze ou douze, mais on ne doit pas exagérer), il faut soustraire ce chiffre en plus. Mais une fois arrivé là, on a sans doute oublié par où on avait commencé. Ce n'était pas un bon truc pour moi, ai-je décidé. Ça ne faisait qu'alarmer les boules de loto qui, depuis hier de toute façon, roulaient déjà dans ma tête comme des grenades.

En plus de ses sourcils épilés et de sa nouvelle coiffure, Mme Dahling portait aussi une jolie robe fleurie pleine de couleurs. Je trouvais qu'elle ressemblait au matelas pneumatique d'Oscar, sauf qu'à la place des boudins d'air elle avait des petites poignées d'amour.

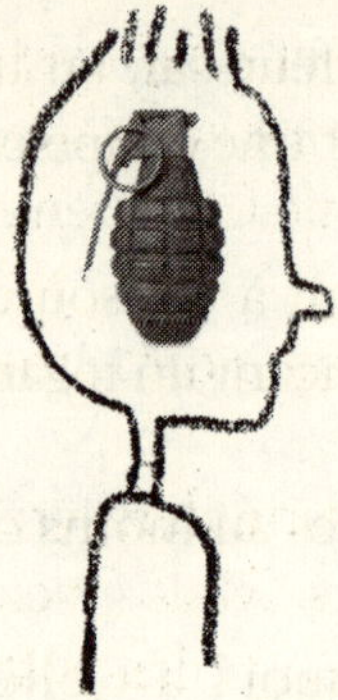

Mais elle dégageait aussi quelque chose de positif qui n'avait rien à voir avec sa nouvelle apparence : c'était la plus grande absence de sentiment de grisaille que j'avais jamais connue à Mme Dahling.

– Qu'est-ce qu'il y a, vous ne voulez pas entrer ? On peut aussi faire la fête sur le palier, si vous voulez. Mais le dîner vous attend dans le salon.

Elle s'est écartée pour nous laisser entrer et a refermé la porte. J'ai trouvé ça très poli de sa part qu'elle ne dise rien à propos des lunettes d'Oscar, même quand il s'est cogné le genou contre la commode de son entrée obscure parce qu'il ne voyait pas bien. Elle a juste montré son nounours.

– Quand j'avais ton âge, j'emmenais aussi ma poupée partout.

Oscar a voulu répondre quelque chose, mais elle a continué à parler :

– Malheureusement, je l'ai perdue lors d'une promenade en bateau sur le lac Müggelsee – je m'étais trop penchée sur la balustrade et *plouf*, disparue ! Elle était jolie. Mais ton nounours est aussi très mignon.

– On dit bastingage, a rectifié Oscar en se frottant le genou.

– Joli nom pour un nounours, a dit Mme Dahling. C'est du danois ?

Je lui avais raconté la semaine dernière qu'Oscar avait rendu visite aux Vikings. Mais Oscar ne lui a pas répondu. On a dû passer entre les posters kitsch du couloir, et il a observé avec consternation la photo de la petite fille qui est devant la tour Eiffel, sous la pluie, avec une larme sur la joue. La bouche d'Oscar était entrouverte et ses narines tremblotaient comme s'il allait éternuer. Je lui ai donné un discret coup de coude. Je trouve aussi ces posters épouvantables, mais Mme Dahling les aime bien parce qu'elle n'a pas d'autres enfants que ceux qui sont sur ses murs. Dieu merci, Oscar s'est tout de suite ressaisi et m'a précédé jusqu'au salon.

Dans le paradis des minitartines.

– Génial ! me suis-je exclamé.

D'habitude, il n'y avait qu'une ou deux sortes de minitartines, œuf, jambon ou poisson. Avec quelques cornichons en plus ou des tomates en dés, et basta. Aujourd'hui, il y avait au moins dix sortes différentes, délicieusement préparées avec des fines herbes dessus et, dedans, de la mayonnaise, de la rémoulade et des lanières de poivron jaunes, rouges et verts, des olives vertes et noires, des piments et des petits oignons blancs. C'était tellement appétissant que je me suis senti tout bizarre. Si je n'avais pas fait attention, je me serais bientôt mis à baver.

– Servez-vous, a dit Mme Dahling. Après, il y a une crème au chocolat. Je vais chercher une bouteille de mousseux dans le frigidaire.

– Merci beaucoup pour l'invitation, lui a crié Oscar alors qu'elle partait dans la cuisine.

J'avais eu peur qu'il commence à parler de ses trucs bio et sains et qu'il gâche le plaisir de Mme Dahling – elle aime bien s'occuper des autres et elle s'était donné beaucoup de peine. Mais il a juste posé l'ours en peluche sur le canapé et, la seconde d'après, il avait déjà un morceau de salami dans la bouche et de la mayonnaise sur les doigts, et le seul danger, c'était qu'il explose. La vitesse avec laquelle il s'enfilait les minitartines était en tout cas inquiétante. J'avais un peu peur pour la crème au chocolat.

– Qu'est-ce qu'on fête, d'ailleurs ? ai-je demandé à Mme Dahling lorsqu'elle est revenue avec la bouteille de mousseux.

– Mon divorce a été prononcé.

– Par qui ?

– On dit comme ça. Ça veut dire que je suis enfin débarrassée de mon mari.

J'ai attrapé une minitartine. Il y avait du saumon dessus, une touche de crème au raifort et une minuscule plante verte sur le dessus. Le bouchon du mousseux a fait *plop* à côté de moi.

– Je croyais, ai-je dit tout en mâchant, que vous étiez triste à cause de votre mari. Parce qu'il ne voulait pas rester avec vous.

– Tu as raison. Au début, j'étais complètement résignée.

J'ai arrêté de mâcher. Oscar, une tartine au pâté dans une main et dans l'autre une au fromage avec un demi-raisin dessus, m'a murmuré rapidement :

– Je t'expliquerai plus tard.

– Mais au bout d'un moment, ça commençait à bien faire cette tristesse, a expliqué Mme Dahling en se servant du mousseux. Vous savez comment c'est... Ah, qu'est-ce que je dis, vous ne savez évidemment pas, vous êtes trop jeunes pour ça.

– Mais pas trop bêtes, a dit Oscar, la bouche pleine. C'est comment, alors ?

Mme Dahling a senti son verre avec délice, puis elle a réfléchi un peu.

– C'est-à-dire... Quand on perd quelqu'un, au début, on pense que ça ne peut pas aller sans lui. Puis on se rend compte un jour que ça va quand même. Et on se demande même si, en fait, on ne va pas beaucoup mieux sans lui.

Son sourire s'est éteint lorsqu'elle a vu le visage d'Oscar, qui semblait tout à coup aussi cireux que celui d'un mannequin qui craint les coups de soleil derrière sa vitrine.

– J'ai dit quelque chose qu'il ne fallait pas ?

– Non.

Oscar a vite secoué la tête comme s'il voulait reprendre des couleurs par ce moyen.

– Pourquoi vous avez divorcé ?

– Parce que mon mari m'a quittée pour une autre femme.

– Pour une plus vieille, ai-je ajouté.

– Merci de me le rappeler, Rico.

Mme Dahling a trempé les lèvres dans son mousseux, reposé le verre et souri tout à coup comme une petite fille.

– Mais vous savez quoi ? La semaine dernière, c'est elle qui l'a quitté parce qu'elle en a rencontré un plus jeune. C'est ce que j'appelle la justice !

– C'est ce que j'appelle Sellawie, ai-je dit en regardant la table et son verre unique. Personne d'autre ne vient fêter ça avec nous ?

– Nan. J'ai déjà trinqué hier avec les filles du travail. Avec ta mère cet après-midi, un petit remontant, tu sais. Mais je voulais aussi fêter ça avec toi en particulier.

– Pourquoi ?

Elle a souri.

– Parce que sans toi je serais devenue folle de solitude ces derniers mois.

Ça avait l'air d'une phrase toute normale, mais entre les mots se cachait tellement de chaleur que j'en ai eu la tête brûlante. Et elle est devenue encore plus brûlante sous le baiser que Mme Dahling m'a soudain donné sur la joue. Oscar s'est contenté de

faire un grand sourire en levant un pouce. Peut-être qu'il aurait levé les deux, mais son autre main tenait en équilibre une tour de minitartines à plusieurs étages.

Après avoir goûté à toutes ces friandises, on s'est affalés sur le canapé entre les coussins en peluche, épuisés. Mme Dahling m'a donné la télécommande du lecteur de DVD et c'était parti. Oscar a mis le nounours sur ses genoux. Comme il ne connaissait pas Miss Marple, il était au moins aussi impatient que moi. C'est un des rares avantages, quand on est mal-doué : même avec un film qu'on a déjà vu dix fois, on oublie et le coupable et les victimes. On peut donc le revoir régulièrement.

Je nous avais choisi *Passage à tabac*. Miss Marple monte à bord d'un bateau de la marine pour y chercher un tueur. Au tout début, on ne le sait évidemment pas. Mais on voit – pendant la musique, qui me met toujours tout de suite de bonne humeur et aussi pendant que défilent les noms des acteurs – Miss Marple entrer dans un magasin de vêtements. Une sorte d'uniforme de marin est exposé sur un mannequin dans la vitrine. Miss Marple disparaît derrière un rideau pour se changer, la vendeuse apparaît et lui apporte successivement la veste et le béret, puis la chemise blanche, une cravate de femme et enfin la jupe, alors on voit le gros mannequin tout nu et on se dit : « Mince, c'est un sacré morceau cette Jane Marple ! » Ensuite, il y a le passage où elle sort de derrière le rideau et où on la voit enfin dans son nouvel uniforme chic – et c'est exactement à ce moment-là qu'Oscar s'est écrié :

– Stop !

J'ai pensé qu'il devait aller aux toilettes, et qu'il aurait vraiment pu y penser avant, et j'ai appuyé sur la touche STOP. J'étais énervé.

– Va en arrière, a-t-il dit.

– Pourquoi ?

– Tu vas voir. Vas-y, s'il te plaît.

J'ai rembobiné le film avec curiosité.

– Stop ! a crié Oscar. Maintenant avance.

On a regardé à nouveau la vendeuse venir trois fois jusqu'à la vitrine pour prendre les vêtements du gros mannequin et disparaître trois fois derrière le rideau, ce qui n'est pas très passionnant. Pas du tout, même, à moins d'être un fan des rideaux de cabine d'essayage et de vouloir en compter les rayures transversales.

Lorsque Miss Marple est enfin ressortie tout habillée de la cabine, Oscar a encore crié :

– Stop !

J'ai appuyé sur la touche STOP et je l'ai regardé d'un air interrogateur. Mme Dahling aussi.

– Alors, a-t-il dit, c'était dans quel ordre ?

Un des sourcils fraîchement épilés de Mme Dahling s'est levé.

– Comment ça, quel ordre ?

– Celui des vêtements. Je vais vous le dire : d'abord, on apporte à Miss Marple la veste et le béret. Elle les met derrière le rideau, d'accord ?

– Ben oui, ai-je répondu.

– Puis on lui apporte la chemise et la cravate, et à la fin la jupe.

– Oui, et alors ?

– Eh ben, si elle met la veste en premier, elle devrait mettre la chemise par-dessus.

Ses lunettes de soleil avaient l'air de deux trous noirs, mais je parie que ses yeux verts, derrière, étincelaient de joie.

– C'est une erreur du film. Le réalisateur a fait une connerie. On appelle ça une gaffe de tournage.

Voilà. Oscar avait gâché mon plaisir, juste parce qu'il avait par hasard lu la lettre G dans mon dictionnaire. Plus tard, quand il a fait remarquer que le bateau des tueurs était entièrement en bois dans les prises de vue lointaines mais qu'on y voyait des parois métalliques dans les prises rapprochées, et quand il a dit aussi que les cabines de l'équipage étaient d'abord disposées en rangées, puis dans la scène suivante disséminées sur tout le navire, et que j'ai dû à chaque fois rembobiner le film puis le faire avancer un peu, j'en ai eu vraiment ras le bol et je l'ai engueulé :

– Maintenant, tu la fermes ou je t'enfonce la télécommande dans la gorge !

Non mais j'te jure ! On se demande comment faire plaisir à un surdoué qui fait un tel grabuge à chaque petite erreur. À part le gaver de minitartines, je ne vois pas. Et on se demande aussi ce qu'est un grabuge au juste et pourquoi c'est encore un fichu mot en G.

Ah, là là là là !

Mais comme Oscar, finalement, a trouvé *Passage à tabac* super génial, Miss Jane Marple aussi et la musique même excellente dans son genre, cela m'a un peu réconcilié avec lui. J'ai espéré qu'on aurait le droit de regarder un deuxième film dans lequel Miss Marple ferait plus attention en s'habillant, mais Mme Dahling a regardé sa montre et secoué la tête.

– Ce n'est pas possible, Rico. Il est déjà tard, ta mère me remonterait les bretelles. Vous devriez être au lit depuis longtemps, petits garnements.

– Mais il n'y a pas de bretelles à votre robe. Est-ce qu'il reste de la crème au chocolat ?

– Tu vas faire des cauchemars si tu manges trop avant de dormir.

– Je ferai des cauchemars si je sais qu'il y a encore de la crème dans votre frigidaire.

– Je ne dirais pas non, moi aussi, a dit Oscar.

Mme Dahling l'a regardé dans ses lunettes de soleil. On a cru qu'elle allait secouer la tête, mais après une brève réflexion elle a acquiescé, sans doute parce que Oscar a soulevé son nounours et lui a fait faire un signe du bras à Mme Dahling.

Une tournée de crème au chocolat plus tard, alors qu'elle nous disait au revoir au milieu des posters kitsch de son entrée, elle s'est penchée et m'a murmuré à l'oreille :

– Je suis vraiment désolée que ton petit copain ait cette maladie des yeux. C'est un gars courageux !

– On pourrait aller sonner chez Ermann, là-haut, ai-je proposé lorsque la porte de Mme Dahling s'est refermée derrière nous. Peut-être qu'il est revenu de ses vacances spéciales de récupération et qu'il nous laissera entrer.

– Il était où, d'ailleurs ?

– Au bord de la mer de l'Ouest. Il…

– Elle n'existe pas.

Oscar grimpait les marches à côté de moi.

– Tu veux peut-être dire la mer du Nord…

– Oui, oui, on s'en fiche, non ?

Pourquoi faut-il qu'il soit toujours aussi pointilleux ?

Avant qu'Ermann parte en vacances, j'avais espéré en secret qu'il nous emmène, maman et moi, peu importe vers quel point cardinal. J'avais quand même été en partie responsable de son succès. Mais ce traître avait fichu le camp sans nous. Je me demandais bien quel prétexte il trouverait.

– Est-ce qu'il n'est pas trop tard pour le déranger ? a murmuré Oscar tandis que j'appuyais déjà sur la sonnette, aussi fort que possible pour qu'il l'entende bien.

– Mais non, il sera sûrement content de nous voir.

C'était du moins ce que j'espérais.

La sonnerie a eu beaucoup d'effet. On a entendu la voix d'Ermann crier quelque chose à l'intérieur. Des pas se sont approchés.

– Il vaut mieux ne pas dire un mot de maman et des sacs à main ! ai-je encore réussi à chuchoter à Oscar.

Puis la porte s'est ouverte. Ma bouche aussi, parce que ma mâchoire inférieure est tombée par terre.

– Tiens, qui voilà ! Les minitartines, a dit la femme rousse au collier de perles et au tailleur vert. Quel hasard !

Elle me souriait tout aussi gentiment qu'à midi dans le supermarché, mais je n'arrivais pas à lui sourire en retour parce que j'étais en train de me demander si on pouvait étouffer sous un choc parce que tout à coup on n'a plus d'air, ou s'il y a quelque chose en nous qui pense tout seul qu'il vaut mieux continuer quand même à respirer.

CHOC : *quand on est tellement ébranlé que notre corps et notre cerveau réduisent toutes les fonctions vitales pour pouvoir se reposer. Par exemple, dans un accident de voiture ou quand on se rend compte que le frigidaire est vide et tous les magasins fermés, même l'épicerie turque du coin.*

– Qui est-ce ? ai-je entendu demander Ermann.

– Ben, a dit la femme en nous regardant tous les deux d'un air interrogateur, sans enlever son sourire, bonne question. Qui est là ?

Moi, j'étais toujours aux abonnés absents, mais Oscar a tendu une main.

– Bonsoir. Je m'appelle Oscar, et voilà Rico.

Elle lui a serré la main, s'est retournée et a crié pardessus son épaule :

– C'est le petit d'en bas dont tu m'as tellement parlé. Avec son ami et un ours en peluche.

Puis elle s'est à nouveau tournée vers nous.

– Simon arrive. Il est en service de nuit toute la semaine et…

– … il sort de la douche, a dit Ermann en sortant de la salle de bains derrière elle.

Ses cheveux noirs brillaient d'humidité et il ne portait qu'une serviette de bain blanche nouée autour de la taille. Il était bronzé, ses yeux bleu pétard rayonnaient comme un ciel d'hiver étoilé, la cicatrice de son menton brillait, et sur sa poitrine musclée trônait au niveau du cœur un tatouage de scorpion comme celui que j'avais vu dans mon encyclopédie des animaux. Dans d'autres circonstances, j'aurais bien aimé

le regarder de plus près. Mais, à ce moment-là, j'ai décidé qu'Ermann était le scorpion qui avait planté son aiguillon venimeux dans la poitrine innocente de maman et dans la mienne.

– Hé, Oscar ! a-t-il dit en souriant. Salut, Rico.

C'était donc un briseur de ménages. Peu importait qu'il ne soit pas encore marié avec maman. Je les avais déjà imaginés des centaines de fois à l'église, s'embrassant devant un autel fleuri tandis qu'une grosse dame avec un petit chapeau rose jouait une jolie chanson à l'orgue et qu'Irina, très émue, pleurait toutes les larmes de son corps. Tous les invités sortaient alors en plein soleil et je lançais partout du riz ou même d'autres légumes, et dans mes yeux il y avait des larmes de bonheur, mais juste assez pour qu'elles ne coulent pas.

Et maintenant voilà.

Une Madame Champagne toute souriante et un Ermann mouillé à moitié nu.

– Rico ? a-t-il dit sur un ton hésitant.

Je n'ai pas bronché. Non pas à cause du choc, mais parce que je suis un demi-Italien. Les demi-Italiens peuvent être très dignes, et là, j'ai réuni toute la dignité que j'avais. J'écrirais une lettre à ce briseur de ménages pour lui dire qu'il n'avait plus intérêt à se montrer chez nous, que le collier de perles était sûrement du toc et que le champagne n'avait coûté que quatorze euros et quatre-vingt-dix-huit cents, avec mes amitiés.

– On ne voulait pas vous déranger, ai-je dit, mais juste voir si vous étiez rentré et dire bonjour...

– Bonjour ! s'est écrié Oscar en levant le bras du nounours.

– ... mais il est déjà très tard, maman va nous remonter les bretelles, même si on n'en a pas, des petits garnements comme nous devraient être au lit depuis longtemps, alors au revoir.

La femme a mis une main devant sa bouche et s'est tournée vers le côté pour ne pas qu'on voie qu'elle pouffait de rire. Mais on l'a quand même vue avant de descendre l'escalier à toute berzingue.

– Dis bonjour à ta mère, nous a crié Ermann. Je passerai vous voir demain !

C'est ça, oui, sûrement !

Il faudra d'abord me passer sur le corps.

Déjà, après l'histoire des vêtements de Miss Marple enfilés dans le désordre, j'avais eu le sentiment que toutes sortes d'hormones me traversaient et qu'en cherchant à s'arrimer quelque part elles m'avaient laissé plein de fissures et de fêlures. La visite chez Ermann m'a définitivement achevé.

– Cette Madame Champagne traînait chez lui depuis midi ! ai-je râlé une fois qu'on était rentrés chez nous. Qui sait ce qu'ils ont fait tous les deux quand la bouteille a été vide ! Je crois que j'ai besoin d'un bêtabloquant de Fitzke.

– Et je crois, a dit Oscar pour me calmer, que ça ne sert à rien de s'énerver et qu'on ferait mieux de se mettre enfin à la recherche du sac à main.

– Et si j'ai un infarctus ?

– Je pourrai toujours aller chercher les pilules.

– Tu sais comment fonctionne un cœur ?

– Non. Mais c'est un muscle creux et compliqué avec plusieurs ventricules. Tu viens ?

Je l'ai suivi jusqu'à la chambre de maman. On n'a pas trouvé le sac à main. On ne pouvait pas le trouver puisque l'armoire de maman était fermée à clef. J'étais assis sur son lit, juste sur la tête du dauphin de la couette préférée de maman, et je regardais Oscar qui s'escrimait sur les portes de l'armoire. L'ours en peluche était couché par terre à côté de lui, le visage contre le sol. Sur la table de nuit était posé un vase ventru contenant un bouquet de roses blanches séchées, provenant sans doute de l'un de ses prétendants à la noix du club. Quelle désolation.

DÉSOLATION : *tristesse, grande peine. À ne pas confondre avec insolation, même si l'effet est identique. L'insolation nous abat parce qu'on a pris trop de soleil. La désolation nous abat parce qu'on n'a pas assez de soleil.*

Dans tous les cas c'est la faute du soleil. Moi je dis, c'est plutôt lui qu'il faudrait abattre.

– Est-ce que l'armoire est toujours fermée ? a demandé Oscar.

– Je sais pas. J'ai jamais essayé de l'ouvrir.

– Où pourrait être la clef ?

J'ai regardé mollement autour de moi – tables de nuit, commode, deux fauteuils en osier, miroir en hauteur – et j'ai haussé les épaules encore plus mollement. La chambre de maman ne me regardait pas. J'avais l'impression d'être un cambrioleur. Si je restais assis là, le dauphin allait sûrement me mordre le derrière, comme il se devait pour un ami fidèle. Et pour un fils infidèle.

– Bon, eh ben on n'a plus qu'à oublier, a soupiré Oscar. Si ta mère veut te cacher le sac, à toi ou à quelqu'un d'autre, elle a sûrement la clef sur elle.

J'ai juste hoché la tête. Puis je me suis souvenu de quelque chose auquel j'aurais pu penser beaucoup plus tôt : on avait un autre moyen de regarder le sac. J'ai bondi en poussant un petit cri d'enthousiasme.

– Viens !

J'ai couru dans le salon, allumé l'ordinateur et me suis installé devant. Le PC s'est mis en route en ronronnant légèrement et tous les symboles qui apparaissent au démarrage ont roulé sur l'écran les uns après les autres.

– Pas bête, a dit Oscar en regardant par-dessus

mon épaule. Tu penses qu'elle a déjà mis le sac aux enchères sur eBay ?

J'ai hoché la tête.

– Cette nuit, quand j'écrivais mon journal…

– Tu écris un journal ?

– Des fois. Mais avec un vérificateur d'orthographe.

Je me suis penché tout près de l'écran pour qu'Oscar ne puisse pas voir mes oreilles rouges.

– En tout cas, maman a utilisé l'ordinateur hier soir. Tu sais un peu comment ça marche eBay ?

– Bien sûr, pour les livres et tout ça. Et le système solaire qui est sur ma fenêtre vient de là aussi. Personne ne le voulait à part moi, donc je l'ai eu pour un euro, a-t-il ajouté fièrement. Super, hein ?

J'ai hoché la tête. Le PC était prêt maintenant. On voyait la grande baleine, le W et les quatre lettres en couleur d'eBay, et tous les autres signes et symboles. J'ai cliqué sur la connexion Internet puis je me suis levé pour laisser ma chaise à Oscar.

– À toi, maintenant. Je n'y connais rien. Ça me rend tout confus.

C'était à moitié vrai. Les seuls sites Internet qui me rendent confus, c'est ceux qui montrent des femmes nues et qui apparaissent tout seuls et après on ne sait pas comment s'en débarrasser car à chaque fois qu'on supprime une paire de seins il y en a deux autres qui apparaissent. C'est comme avec ce monstre grec à neuf têtes, la terrible hydre. Elle vivait dans un marais puant mais venait sur terre de temps en temps pour dévorer les moutons et les vaches des paysans, et généralement aussi les paysans juste après. Mais un jour, Hercule est arrivé et lui a coupé chacune de ses têtes avec son épée, même si au début ça ne lui a pas servi à grand-chose. À chaque tête coupée, il en repoussait deux nouvelles et quand Hercule les coupait il en repoussait… encore plus. C'était donc de plus en plus difficile pour lui. Il a fallu qu'un de ses copains brûle les cous de l'hydre avec un flambeau. Pour finir, Hercule a coupé l'hydre morte en deux et plongé ses flèches dans son sang empoisonné qui empêchait les plaies de guérir, pour être mieux armé lors de sa prochaine aventure. Très cool.

HERCULE : ça veut dire Zorro en grec. Ou en latin, je ne sais plus. En tout cas, c'est un très vieil ancêtre de Zorro. Mais il ne portait pas de cape, il était tout nu et c'est pour ça qu'il n'a fait que douze exploits, alors que Zorro en a sûrement accompli plusieurs centaines.

À part les poitrines de l'hydre, je me débrouille très bien avec Internet. Par exemple, il y a un super site sur les Jack-Russell et un autre site génial sur le chocolat, d'où il vient, comment on le fabrique, etc., avec des photos très nourrissantes. Je préférais quand même laisser chercher Oscar. J'avais trouvé ça horrible de fouiner dans la chambre de maman. Ça m'avait presque soulagé qu'on ne trouve pas la clef de son armoire. Ce n'était pas vraiment mieux de fouiller maintenant dans son eBay. J'avais un mauvais sentiment dans le ventre, comme avant un devoir de maths. Et puis, il y avait un deuxième sentiment, pire, qui voltigeait en moi comme un papillon noir : si on découvrait maintenant que maman vendait effectivement des sacs à main de valeur pour l'affreuse Ellie… qu'est-ce qu'on pourrait faire pour l'aider ? Je ne sais pas ce qu'utilisait cette Wandbeck à la gomme pour la faire chanter, mais ça devait être quelque chose de très, très grave, sinon maman s'en serait dépêtrée depuis longtemps. Et une partie de moi ne voulait pas savoir ce qu'était cette chose grave. Ni maintenant ni jamais.

Au bout de trois secondes, Oscar était déjà sur la page d'accueil d'eBay. Il a fait bouger la souris et cliqué.

– Je suis curieux de savoir si ta mère… tiens, elle l'a fait !

Je me suis penché pour voir.

– Qu'est-ce qu'elle a fait ?

– Elle a enregistré son nom d'utilisateur et son mot de passe. Comment peut-on être aussi imprudent ?

Il secouait la tête avec stupéfaction. Il avait quand même l'air déçu. Il s'était peut-être déjà fait une joie de devoir trouver son mot de passe.

Quelques clics plus tard, on a trouvé autre chose. Sur la page des objets à vendre, il y avait deux photos que l'on pouvait agrandir. La première montrait le sac à main que maman avait gagné la veille. J'ai pensé à son appareil photo, avec lequel elle me prend de temps en temps quand on va se promener et tout ça.

Le sac à main était en véritable peau de serpent, disait le texte. La deuxième photo montrait un papier écrit dans une langue étrangère avec un tampon dessus.

– C'est un certificat, a dit Oscar. Il était sûrement dans le sac.

– Ça sert à quoi ?

– C'est un document officiel qui prouve que le cuir du sac ne provient pas d'un animal sauvage, mais d'un animal élevé exprès pour ça.

J'ai regardé le prix du sac. C'est devenu tout noir autour de moi et j'ai entendu un drôle de bruit. Il se répétait régulièrement, et c'est seulement quand Oscar s'est agenouillé sur sa chaise et a mis un bras autour de mon épaule que j'ai compris que le bruit venait de ma gorge.

Ou peut-être directement de mon cœur.

Dans l'annuaire téléphonique d'Internet, Oscar a aussi trouvé l'adresse de l'affreuse Ellie. Elle doit bien récupérer ces sacs quelque part. Donc demain, quand on aura assez dormi, on prendra le métro jusqu'à Wilmersdorf pour observer son immeuble, place Ludwigkirche.

Si j'arrive à m'endormir.

Et si j'ai envie de me réveiller un jour.

Jeudi

Plans A, B et C

Il n'y a pour ainsi dire aucun graffiti à Wilmersdorf. C'est la première chose qui m'a frappé là-bas. Kreuzberg est tellement barbouillé, à certains endroits, qu'on croirait que des petits enfants ont couru dans les rues avec des boîtes de peinture explosive. Ou parfois juste des enfants explosifs. Certains des dessins qui couvrent les façades des immeubles sont colorés

et vraiment beaux, d'autres ne sont pas du tout des dessins, mais juste des gribouillages et des griffonnages. Certains les apprécient et les autres pas, mais je crois que la plupart des habitants de Kreuzberg ne les remarquent même plus. Les graffitis font simplement partie du décor.

Si on veut voir des couleurs à Wilmersdorf, il faut passer la tête entre les fleurs qui bordent les petits jardins bien entretenus. On reconnaît aux façades en stuc bien propres des maisons que leurs habitants aiment le calme, l'ordre et la propreté. Oscar et moi, on faisait un peu désordre au milieu de toute cette netteté. Il n'était manifestement pas d'usage, à Wilmersdorf, que deux jeunes garçons se promènent tout seuls par un beau matin d'été. On nous regardait avec méfiance, mais peut-être juste parce que Oscar avait l'air complètement toqué avec ses lunettes de soleil dix fois trop grandes, et moi encore plus toqué avec les menottes en plastique qui pendaient à ma ceinture. En fait, j'aurais dû jeter ces machins dans les WC puisque c'était un cadeau de E – je ne peux malheureusement plus l'appeler Ermann car je méprise définitivement son nom depuis hier. Mais je voulais être équipé au cas où. Si la poursuite qu'on avait prévue marchait et qu'on arrivait à surprendre l'affreuse Ellie en train de voler les sacs, par exemple, je pourrais peut-être l'attacher. Ou alors je pourrais m'attacher moi-même quelque part si jamais elle me chopait et voulait m'enlever.

On avait pris le métro jusqu'à la station Spichernstraße et on avait continué à pied jusqu'à la place Ludwigkirche, où se trouve une très jolie église. On dirait qu'elle a été construite en Lego couleur brique, et son clocher vert pointu brille au soleil comme si on venait de le repeindre. Autour du petit parvis garni de bancs, il y a des buissons et des arbres, tout est très coquet.

On s'est assis sur l'un des bancs. Des voitures tournaient autour de l'église en cherchant à se garer. À travers les buissons, on avait une vue fantastique sur l'immeuble ancien, tout jaune, où habitait l'affreuse Ellie. On a attendu. Je regardais un peu le ciel bleu et un peu le sable rouge par terre. Ç'aurait été une super occasion pour parler avec Oscar de son papa ou de ma maman mais, quand on est enfant, on ne peut pas tout le temps se faire du souci pour ses parents. On a plutôt parlé de Miss Marple et des faucons.

– Quels faucons ? ai-je demandé à Oscar quand il a lancé le sujet.

Il a levé le bras pour montrer le clocher.

– Ces petits rapaces. Il y a un couple qui vit quelque part là-haut, en pleine ville. Ils se nourrissent de rats et de souris qui traînent dans le coin. C'était écrit dans le journal.

Il a rebaissé son bras et continué à jacasser comme une pie avec sa petite voix si intelligente :

– Il en existe trente-huit sortes différentes, mais seulement six chez nous, en Europe centrale. Un jour, il y a une déesse nordique, Freya, qui a réussi à se métamorphoser en faucon. Son char était tiré par des chats.

Fin du bavardage. Il a relevé les yeux vers le clocher, l'air tout simplement content. En tout cas, il ne s'est sûrement pas demandé si cette Freya n'était pas plutôt une déesse de l'ouest ou du sud. Il était absolument sûr de lui. Comme toujours.

– Comment est-ce que tu as appris toutes ces choses ? lui ai-je demandé.

Il a haussé les épaules.

– J'arrive bien à me souvenir des choses. Et j'arrive à faire de nouveaux ensembles à partir de plein de détails. Depuis toujours.

Il a relevé ses lunettes de soleil et m'a regardé attentivement.

– Et toi, quand est-ce que tu t'es rendu compte que t'étais maldoué ?

– À un feu rouge. Maman et moi, on habitait à Neukölln et je m'étais échappé alors qu'elle m'emmenait à l'école maternelle. Je ne me suis arrêté qu'au feu rouge.

Oscar a froncé les sourcils.

– Et alors ? Quel est le rapport ? Rouge veut dire qu'on s'arrête et vert qu'on peut y aller. Tous les enfants le savent.

– Oui, moi aussi je le savais. Et le petit bonhomme était vert quand j'ai traversé. Il est devenu rouge quand j'étais au milieu de la rue.

– Et là tu t'es arrêté ?

– C'était une route à trois voies, ai-je dit fièrement. Tu aurais dû entendre les Klaxons ! Un conducteur est descendu, puis d'autres. Ils ont dû attendre maman qui est arrivée en courant parce que j'avais très peur et que je m'étais jeté par terre en pleurant et ne voulais plus me relever.

– Cool, a dit Oscar en faisant claquer sa langue.

– Maintenant, j'ai mieux compris, ai-je ajouté par précaution.

– Évidemment, a répliqué Oscar.

Qu'il ne pense pas que j'étais aussi bête qu'avant. Quand je traverse une rue aujourd'hui et que le bonhomme devient rouge tout à coup, je reviens en arrière en courant.

– Et parfois, j'ai même de bonnes idées, ai-je ajouté en pointant le doigt sur l'immeuble jaune qui apparaissait dans la trouée entre les buissons. Par exemple, je pense que la mère Wandbeck n'est peut-être pas chez elle et qu'on est en train d'attendre ici pour rien.

Oscar m'a dévisagé. J'ai vu un de ses sourcils se relever au-dessus du verre de ses lunettes noires. Il a regardé en direction du bâtiment jaune.

– Un point pour toi, a-t-il murmuré, avant de faire une grimace. Mais elle était bien chez elle.

J'ai suivi son regard et mon estomac a fait un petit bond, comme pour dire : « C'est parti, Doretti. Votre mission spéciale a commencé ! » L'affreuse Ellie sortait justement de l'immeuble. Elle avait presque la même allure que sur la scène du foyer socioculturel, maigre et osseuse, ses cheveux noirs de jais tirés en arrière et relevés en un solide chignon. Une vieille dame chic dans son tailleur gris et moulant, tenant un petit sac à main avec des reflets dorés et, dans l'autre main, une laisse au bout de laquelle…

Je n'ai pas pu m'empêcher de pousser un petit cri d'enthousiasme :

– Oh, regarde, Oscar, regarde ! Comme il est mignon !

La mère Wandbeck tirait derrière elle un Jack-Russell récalcitrant ! Un tout jeune en plus. Sa petite tête était tachée comme un des gâteaux russes d'Irina, mais son corps était tout blanc ; il avait juste un drôle de petit anneau couleur café au début de la queue. Malheureusement, ses pattes étaient si courtes qu'il avait du mal à suivre l'affreuse Ellie. Au bout de quelques pas, elle avait déjà atteint la vitesse d'un avion à réaction juste avant le décollage et elle le tirait sans pitié derrière elle. Il était tout pataud et me faisait tellement de peine que mon cerveau a carrément fondu. Je me suis levé d'un bond et j'ai voulu le suivre, mais Oscar a plongé derrière moi et a eu la présence d'esprit, pour me retenir, d'attraper les menottes qui pendaient à ma ceinture.

– T'es complètement cinglé ? Elle va te reconnaître dès qu'elle te verra ! Et elle saura qu'il y a un problème.

– Mais il est tellement petit ! Si elle passe devant un bus avec Porsche et qu'il lui arrive quelque chose…

– Qui est Porsche ?

– Ben le Jack-Russell.

En voyant le chiot, j'avais tout de suite pensé à la super voiture de Kiesling, cette vieille Porsche qui a l'air de ne plus rouler mais qui en fait part au quart de tour. Exactement comme les Jack-Russell. Ils ont des pattes hyper courtes, mais ils peuvent courir comme s'ils avaient le diable aux trousses, ou comme s'ils poursuivaient le diable pour lui mordre les fesses. Quand ils sont adultes, en tout cas.

– Oui, ai-je chuchoté. Porsche.

On a suivi Ellie jusqu'à la prochaine grande avenue, en maintenant une distance de sécurité. Je sifflais une petite chanson pour avoir l'air de rien. La chanson avait une mélodie très mélancolique parce que je ne pouvais pas m'empêcher de regarder Porsche. Il tirait comme un fou sur la laisse. Il connaissait aussi bien Berlin que moi – c'est-à-dire pas du tout – et aurait sûrement bien aimé explorer la ville. Mais la mère Wandbeck ne lui en laissait pas le temps. Chaque fois qu'il s'arrêtait quelque part pour renifler, elle criait méchamment en tirant sur sa laisse. Elle ne lui laissait même pas faire pipi.

Et, tout à coup, l'air mélancolique s'est même accompagné d'un texte dans ma tête. Autrefois, on écrivait des poèmes chantés qui s'appelaient des ballades. Voici la mienne :

Ballade de Porsche

Il était une fois un petit chien
Qui marchait bien
Qui trottait bien
Avec sa jolie queue en l'air.

Il aimait renifler partout
Et pissait partout
Comme tous les toutous
Il avait un sacré flair.

Ô mon petit Porsche adoré
Tu es mon bébé
Tu es mon préféré
Toi qui m'as inspiré ces vers.

Arrivée sur la grande avenue, Ellie est allée droit vers une station de taxi.

– Zut ! s'est écrié Oscar.

Ellie est montée dans une des voitures qui attendaient. Elle a tiré sans pitié sur le petit chien qui s'est mis à japper de terreur et elle l'a monté sur le siège à côté d'elle. Puis elle a fermé la portière, CLAC, et elle est partie. Je l'ai suivie d'un regard méchant. J'espérais que Porsche allait pisser sur la jupe de cette femme cruelle qui torturait les animaux.

– Est-ce qu'on a de quoi prendre un taxi ? a demandé Oscar.

J'ai fait non avec la tête.

– La plupart de mon argent est parti dans les glaces avant-hier. Et le reste dans le métro tout à l'heure. J'ai acheté des billets à la journée.

– Bon, tant pis... a dit Oscar en mordillant sa lèvre inférieure. Ça ne sert à rien d'attendre devant sa porte jusqu'à ce qu'elle revienne. Ça ne nous dira pas où elle est allée. Donc, retraite et plan B ?

– Retraite et plan B, ai-je confirmé.

On avait espéré qu'Ellie prendrait les transports en commun. Cela aurait été facile d'être à ses trousses

– c'était notre plan A. Mais on s'était aussi dit qu'elle pouvait avoir une voiture et qu'on aurait donc du mal à la suivre. Qui pouvait-on engager pour ça ? Oscar ne connaissait personne qui ait une voiture, et moi j'en connaissais deux. L'un était Kiesling avec sa Porsche, mais ils étaient tous les deux en vacances. L'autre était Irina avec son petit bolide, mais on ne pouvait malheureusement pas compter sur son aide. Comme c'était la meilleure amie de maman jusqu'à la mort, elle irait tout de suite cafter.

Ah, les femmes, toujours les femmes !

Mais on avait encore le plan B.

On est tombés sur Berts en arrivant au 93 de la rue Dieffenbach, alors que je venais d'ouvrir la porte d'entrée. Il poussait sa Ducati à côté de lui, son casque sur un bras.

– Hé, Rico, Oscar ! s'est-il exclamé en nous souriant gentiment avec ses dents toutes blanches. Vous me tenez la porte, s'il vous plaît ?

On ne lui a pas souri. On était trop consternés pour ça. On s'était dit que, certes, un seul d'entre nous pourrait monter avec Berts sur sa bécane, mais que de toute façon un plan B est moitié moins bon qu'un plan A, on est bien obligé de se limiter. J'étais même prêt à laisser monter Oscar. Il est plus malin que moi et comme il était question de maman, on avait bien besoin de ses neurones.

Malheureusement, tous ses neurones ne nous servaient plus à grand-chose. J'ai dévisagé Berts. J'étais absolument certain qu'on ne risquait rien à lui révéler notre plan de sauvetage de maman et qu'il nous aiderait sans problème. Mais le seul plan que suivait Berts à ce moment-là était un plan de fuite.

– Je me casse, a-t-il dit en rejoignant le trottoir avec sa Ducati. Il y a de l'orage dans l'air. Je n'ai pas besoin de ça.

– Où ça de l'orage ? ai-je demandé.

– Là-haut. Prends ton parapluie pour monter, a-t-il dit en hochant la tête vers l'escalier. Et rentre la tête avant de sonner. Si jamais Julia t'ouvre.

– Julia est rentrée ?

Mon cœur a bondi pour la deuxième fois de la journée.

– Mais… est-ce que Massoud et elle ne devaient pas rentrer seulement demain ou après-demain ?

J'ai oublié un moment l'échec de notre plan B. Julia m'avait vachement manqué, je suis quand même fou amoureux d'elle. Quand j'étais à l'hôpital, j'aurais bien aimé me faire consoler par ses bras et tout. Elle m'aurait sûrement trouvé hyper cool en nouveau héros avec une grave commotion cérébrale.

– Ils se hurlent dessus, a dit Oscar qui avait avancé la tête et tendu l'oreille en direction de l'escalier.

C'était vrai. On entendait des cris venant de leur appartement du premier étage. Les cris étaient de plus en plus forts et la plupart provenaient de Julia.

– Non, c'est pas possible ! a marmonné Berts.

Il avait déposé sa Ducati sur le trottoir et nous avait rejoints dans le hall de l'immeuble.

– Je parie que quand je reviendrai une chambre se sera libérée là-haut.

– Qu'est-ce qui s'est passé ?

– Ben, les vacances de Julia et Massoud n'ont pas été top, visiblement. Ils se séparent.

– Pourquoi ?

– Demande à Julia, si tu oses. Tu connais son tempérament.

« Enflammée comme du piment », avait dit maman un jour en parlant d'elle, et j'avais essayé plus tard d'allumer un piment avec des allumettes pour voir comment il brûlait, mais *niet*. Cela dit, c'était un piment vert, peut-être que ça ne marche qu'avec les rouges.

– Moi, en tout cas, je vais faire un tour à la campagne, chez un copain, a dit Berts. Aucune envie de ce stress. Ça fait déjà une heure qu'ils se crêpent le chignon, tous les deux. C'est vraiment pas mon truc.

Un énorme GLING a retenti là-haut à ce moment-là, comme pour souligner ses paroles.

– C'était quoi ? ai-je demandé, terrifié.

– Ça devait être un des verres à thé que Massoud a offerts à Julia, a dit Berts. Pour son dernier anniversaire, tu t'en souviens ?

– Ceux avec le petit bord doré ?

– C'est ça.

J'aimais bien ces petits verres avec le bord doré.

C'était joli quand Massoud servait le thé dedans, ils avaient des reflets dorés ou bronze et, quand on mélangeait le sucre, on voyait les petits cristaux se dissoudre lentement en stries tournoyantes. Maintenant c'était les verres qui se désagrégeaient. Ça ne m'aurait pas étonné que Mommsen se pointe à ce moment-là, mais il était sans doute en train de roupiller sur son canapé pour cuver son picolo.

GLING !

– Si jamais tu veux garder un verre en souvenir, a dit Berts, t'as intérêt à te dépêcher. Il n'y en avait que quatre en tout.

GLING !

– Bon, eh ben il n'en reste plus qu'un et ça ne devrait pas durer longtemps…

GLING !

– Ah, là là !

Berts a secoué la tête d'un air désapprobateur, puis il a résolument mis son casque et s'est précipité sur la porte d'entrée.

– Bon, ça suffit, je pars. Bonne journée, vous deux, faites attention à vous, d'accord ?

Je l'ai regardé partir avec désarroi. J'étais même au bord des larmes. On pouvait oublier notre taxi. Toute cette histoire de chantage m'est tombée dessus en m'enterrant sous son poids et a mis mon boulier de loto en branle.

Oscar m'a donné un petit coup sur le côté au moment où Berts a enfourché sa bécane.

– Demande-lui quand même ! Vas-y !

Je ne pouvais pas. Je n'entendais que le claquement des boules dans ma tête, auquel se mêlaient les cris provenant du premier et le léger grondement de la Ducati qui démarrait. Je voyais plein de choses en même temps : le visage triste de maman, l'affreuse Ellie et le pauvre petit Porsche, Oscar allant chercher son sac de sport vert dans le couloir et pleurant ensuite à la table de la cuisine. Je voyais Fitzke avec son problème cardiaque dans son costume mal ajusté, allongé par terre avec les lèvres bleues, je voyais Mme Dahling avec sa nouvelle coupe du divorce, dans sa robe à poignées d'amour, et je voyais E à moitié nu avec sa stupide Madame Champagne. Mais je voyais surtout le misérable boulier de loto du foyer socioculturel par lequel tous les malheurs avaient commencé mardi soir.

Et, à côté du boulier de loto, j'ai vu la solution à notre problème.

Un rire provenant de notre appartement a retenti jusque dans la cage d'escalier, aussi pétillant que le mousseux dans le verre de Mme Dahling hier soir. En l'entendant, j'ai tout de suite été de meilleure humeur.

– Tu vas rencontrer quelqu'un de très chouette, ai-je dit à Oscar.

J'aurais bien aimé lui dire la même chose au premier

étage pour lui présenter Julia, mais Berts avait raison : ce n'était pas une bonne idée de s'immiscer dans sa dispute avec Massoud. En plus, on avait quelque chose de plus important à faire, même si j'avais du mal à ne pas dire bonjour à Julia.

J'avais expliqué mon nouveau plan à Oscar en montant l'escalier. On l'avait appelé plan C. Pour le mettre en pratique, on avait juste besoin d'une adresse dans l'annuaire – à la rigueur, on pouvait même demander à maman sans lui mettre la puce à l'oreille – et aussi d'un peu de chance.

La chance… Je n'ai pas pu m'empêcher de penser avec mauvaise conscience à la pièce de deux centimes que j'avais jetée dans la fontaine Viktoria mais que j'avais regardée ensuite en me retournant. Oscar m'avait prévenu : il ne faut pas courir après la chance ni la regarder en face. Je l'avais quand même provoquée et depuis tout était allé de travers. Mais à ce moment-là je ne savais pas encore, il faut le dire, à quel point la chance est une écorchée vive qui se vexe facilement.

Maman a dit un jour qu'Irina possédait en elle une sorte de garantie contre le cafard et la mauvaise humeur, et c'est vrai. Quand Irina nous prend dans ses bras, on a l'impression que nos pieds ne touchent plus le sol et que notre tête est dans le ciel. Tout est soudain très léger. Je ne sais pas du tout comment elle fait, mais je suis sûr que des tas d'hommes sont fous d'elle à cause de ça. Pourtant, elle n'en veut aucun.

Irina dit toujours qu'elle épousera à la rigueur un vieillard multimillionnaire avec un pacemaker.

PACEMAKER : *encore un mot anglais qui sert à stimuler le cœur. Il paraît que les cœurs des Anglais ne marchent pas très bien, donc ils sont obligés de rajouter une machine pour les stimuler. Et comme ça coûte très cher, il faut attendre d'être très vieux et très riche pour en acheter. Fitzke est très vieux, mais pas très riche, c'est pour ça qu'il n'a pas de pacemaker.*

Elle était assise à la table de la cuisine, ses cheveux noirs mollement relevés en un chignon. Elle portait un tee-shirt blanc, un jean avec une ceinture argentée et des sandales à lanières argentées. Personne n'est aussi beau que maman, mais si quelqu'un s'en approche, c'est Irina. Elle tenait dans une main le petit appareil photo de maman. Elle regardait le mini-écran d'un air concentré en tapotant les touches, visiblement à la recherche d'une photo précise.

Maman, dans son peignoir japonais, se tenait contre le buffet, à côté de la machine à café glouglou-tante. Elle venait sans doute de se lever et avait l'air d'avoir mal dormi. Elle a regardé Oscar avec un point d'interrogation dans les yeux et a pris une profonde inspiration, comme si elle voulait lui dire quelque chose. Mais elle n'a rien dit. Avant son premier café, elle n'est bonne à rien.

– Salut, Irina, ai-je dit.

– B'jour Fred, a répondu Irina sans lever les yeux de l'appareil photo.

Elle m'appelle Fred parce qu'elle prononce Rico comme « Chrico ». Elle n'aime pas quand on reconnaît qu'elle vient de Russie, alors qu'en fait on l'entend dans toutes ses phrases ; son allemand n'est vraiment pas terrible. Les mauvais jours où j'entends les boules de loto, ce Fred m'embrouille encore plus parce que je crois qu'Irina s'adresse à quelqu'un d'autre, mais je n'arrive pas à lui faire perdre cette habitude.

– Irina, ai-je dit, c'est mon ami Oscar.

Là, elle a fini par lever ses beaux yeux dorés comme du miel. Son front s'est légèrement plissé. Oscar restait à côté de moi, raide comme un bâton. Quelques bracelets en argent ont tinté quand Irina a agité sa main libre devant les immenses lunettes noires d'Oscar.

– T'es aveugle, bonhomme, ou quoi ?

– Il est incognito, ai-je expliqué.

– Ah, toi es poursuivi ! C'est ça, mon petite Oscar ? Dis-moi qui est aux trousses de toi. Tante Irina va protéger toi.

Ses bracelets en argent ont à nouveau tinté lorsqu'elle lui a carrément enlevé les lunettes.

– Wouah, quels beaux œils verts ! Tu vas me craquer, hein, mon petite Oscar ?

Elle souriait pour montrer qu'elle plaisantait, mais ça n'a servi à rien. Oscar la fixait avec le même mélange d'horreur et de fascination qu'il réserve à tous les adultes qui l'approchent d'un peu trop près ou le tripotent.

– J'ai entendu déjà parler de toi, bien sûr.

Elle a posé les lunettes de soleil sur la table et s'est remise à passer les photos en revue tout en continuant à bavarder :

– Tu es petit oiseau que s'est fait enlever quelques semaines avant et maintenant tombé de le nid, hein ?

– Du nid ! a rectifié Oscar en lorgnant impatiemment sur ses lunettes.

Ses doigts tambourinaient en silence sur la couture de son pantalon.

– C'est pas ce que j'ai dit ?

Irina a brièvement relevé les yeux vers maman qui était encore trop fatiguée pour l'aider.

– Abandonné par le propre père, c'est mieux comme ça ?

– Heu, ben...

– Hé, tu peux t'estimer content qu'il est parti ! J'ai vit déjà avec type pareil. Vladimir. Beau appartement, beau télévision, tout. Beau homme aussi. Et puis un jour, il est disparu. Lui emporte télé, lui emporte tout argent liquide, mais laisse la foutue canarie.

– C'est des îles, les Canaries, s'est risqué Oscar.

– Pas les Canaries ! Oiseau jaune, que chante joli on dit. Est mort de faim parce Vladi a pas donné manger à lui.

– Pourquoi vous ne l'avez pas nourri, vous ? a demandé Oscar.

– Hé, mon petite Oscar ! Est-ce que je ressemble à rester chez un Vladi ? Tu penses quoi ? Bien sûr j'avais déjà cassé de lui !

Irina a haussé les épaules d'un air de regret avant de poursuivre :

– Dommage pour petit piailleur, mais il a tout façon pas fait musique, comme on dit. À toute journée fait caca dans cage stupide. Hé, Tanja, le voilà ce fringue, regarde !

Maman s'est approchée avec une tasse de café fumante et s'est penchée sur l'appareil photo. Je me suis collé aussi à elles. Oscar en a profité pour attraper ses lunettes de soleil et les remettre, puis il a regardé lui aussi le petit écran.

La photo montrait une jeune femme riant au bras d'un homme riant aussi, mais plus tout jeune. Je n'avais jamais vu cette femme – elle était blonde et très jolie, elle portait une robe super chic dans un tissu bleu brillant qui collait à son corps mince comme de l'eau ruisselante. L'homme, je l'avais déjà vu sur d'autres photos.

– Hé, c'est Boris ! me suis-je exclamé.

– Qui est Boris ? a demandé Oscar.

– Patron de nous, a sommairement expliqué Irina.

Ce Boris n'est ni sympathique ni antipathique. Il ressemble en fait à une feuille de papier blanc que l'on regarde rapidement en passant, et après on se demande s'il n'y avait pas quelque chose dessus quand même, en tout petit ou juste au bord. Sur la photo son visage était très étroit, comme s'il l'avait coincé dans une porte quand il était enfant parce qu'elle ne s'ouvrait pas plus et que, ensuite, son visage était resté comme ça. Il n'avait plus beaucoup de cheveux sur la tête. Ils avaient dû aussi y rester, dans l'embrasure de la porte. Son visage me rappelait quelqu'un, mais je n'arrivais pas à savoir qui.

– La femme est son jouet préféré nouveau, comment on dit ? a commenté Irina. Elle était avec au club avant-hier, après-demain sera dans le large parce que Boris change amies plus vite que chemises, on dit comme ça, hein ?

Un ongle vernis de rouge vif et super long a tapoté la photo.

– Mais vous regardez le beau robe bleu ! Est-ce qu'on aura ça dans boutique de rue Friedrichstraße, ce fringue chic ? Tanja, dis à nous.

– Possible.

Maman sirotait son café. Il lui faudrait au moins trois tasses avant d'être vraiment réveillée.

– Mais je ne suis pas d'humeur à faire du shopping aujourd'hui. Demande aux garçons s'ils veulent t'accompagner. Qu'est-ce que vous en dites, Rico, Oscar ?

– Nan, les garçons ont déjà prévu quelque chose.

J'ai donné un petit coup de coude à Oscar pour qu'on s'active. Tant que maman buvait son café en bavardant avec Irina, on pouvait tranquillement s'installer dans le salon pour chercher l'adresse de notre plan C à l'ordinateur.

– Bon, j'irai tout seule, a marmonné Irina dans notre dos, un peu vexée. J'ai besoin absolument ce fringue ! Il va exploser les types comme grenades. On dit comme ça, hein ?

– C'est-à-dire…

Oscar était à côté de moi dans l'encadrement de la porte. Il a inspiré profondément, puis expiré et s'est tourné vers Irina, les oreilles écarlates.

– Puisque vous le demandez, non, on ne dit pas comme ça. Votre allemand est bon. Mais vous vous emmêlez dans les articles et vous ne maîtrisez pas non plus l'ordre des mots.

Irina a mis une main sur sa poitrine en simulant la terreur.

– Petite Oscar, cool ! Si j'utilise pas bons articles, je vais changer eux au supermarché. Ce n'est pas problème.

Elle rayonnait avec tellement d'or dans les yeux que ça éclairait toute la cuisine.

– On dit comme ça, ou on dit pas ?

Toujours jeudi

Dans les champs de hamsters

Pour aller de la rue Dieffenbach à la rue Lilienthal, il faut marcher jusqu'à la station de métro Südstern, traverser le grand carrefour, continuer encore un peu tout droit et on est arrivé. C'est donc à deux pas. En tout cas, quand Oscar est là. Tout seul, il me faudrait sans doute un peu plus de pas parce que je ne sais pas suivre une rue droite s'il y a un carrefour au milieu.

Les immeubles élégants de la rue Lilienthal sont bordés par des arbres touffus et donnent directement sur le parc de Hasenheide. Quand on a sonné, la porte d'entrée s'est ouverte presque tout de suite. On a dû traverser une cour pourvue d'un grand jardin impeccablement entretenu et monter presque tout en haut du bâtiment du fond, au quatrième étage.

Deux minutes plus tard, j'étais toujours aussi fortement impressionné. Contrairement à la porcherie qui abritait la réserve de pierres de Fitzke, l'appartement de M. van Scherten était baigné de lumière et hyper propre.

– Waouh, m'a chuchoté Oscar. On peut manger par terre ici !

On pouvait, mais on n'était pas obligé. Il y avait aussi une belle table de salle à manger en bois massif, avec des pieds tarabiscotés. Tout était en bois véritable : l'armoire du salon, les chaises et leurs dossiers finement cannés, les fauteuils confortablement rembourrés, la commode. Que de l'ancien, de très bon goût et sûrement aussi très cher. Des centaines de livres étaient couchés, debout et empilés sur les nombreuses étagères, les murs étaient couverts de vitrines avec à l'intérieur des papillons épinglés et d'autres bestioles, et le parquet était couvert de tapis moelleux aux motifs colorés.

– Vous avez une femme de ménage ? ai-je demandé à M. van Scherten quand il est revenu de la cuisine.

Il portait un plateau avec trois verres et une carafe de limonade. Mme Dahling a une carafe pareille en cristal dans son armoire, mais elle ne s'en sert jamais.

– Pas besoin d'une femme de ménage, a dit M. van Scherten en déposant le plateau sur la table. J'ai un sens inné de l'ordre.

Il faut déjà le savoir qu'on peut naître avec un sens pareil à l'intérieur. Si jamais je l'ai, j'aimerais bien savoir où se cache l'ordre chez moi. Sans doute pas dans ma tête.

Oscar a retiré ses lunettes de soleil pour regarder de plus près une photo de la chère et tendre Hannah. Elle était posée sur la commode, entre deux petits vases remplis de fleurs fraîches. Hannah souriait sur la photo, comme s'il n'y avait dans le monde, pour elle et pour tous les gens, que du bonheur sans gros trous de mémoire.

– Oui, ma chère Hannah, a dit M. van Scherten, et Oscar a aussitôt remis ses lunettes de soleil. Je la regarde tous les jours, plusieurs fois.

Il a fait un signe de la main vers la grande fenêtre du salon.

– Elle repose là-bas, à gauche, derrière la butte où se trouve le grand ange. J'aurais aimé l'avoir bien en vue, mais il n'y avait rien de plus près.

On avait depuis la fenêtre une vue fantastique sur un immense cimetière qui montait légèrement sur la colline. On aurait presque dit un parc – mais presque seulement. On voyait de grands arbres, des tombes et des croix recouvertes de lierre, des statues d'anges gris-blanc, etc. Une tombe fraîche, un peu plus loin, était recouverte de tristes couronnes de fleurs.

Le soleil entrait par la fenêtre et faisait des reflets sur le crâne chauve de M. van Scherten.

– C'est le cimetière de Luisenstadt, a-t-il expliqué. Un bel endroit avec ses vieux mausolées délabrés, et au fond un mélange d'art nouveau et d'art déco. Tu n'y es jamais allé, Rico ?

J'ai secoué la tête. En fait, je n'avais vraiment compris que sa dernière phrase.

MAUSOLÉE : *une tombe qui ressemble à une petite maison individuelle. Elle doit son nom au roi de Perse*

Mausole, le premier à s'être fait construire un truc pareil quand il est mort, il y a très, très, très longtemps, mais après les hommes préhistoriques quand même.

Même si la vue était magnifique et que c'était chouette de savoir sa chère et tendre Hannah à proximité, je trouvais quand même un peu lugubre d'habiter juste à côté d'un cimetière, à cause des zombies et tout ça. Bien sûr, je ne crois pas à toutes ces conneries, mais ça ne veut pas dire que les zombies n'existent pas quand même. Ils nous arrachent des morceaux entiers avec leurs dents et les avalent sans mâcher, c'est vraiment dégueulasse. En plus, c'est mauvais pour la digestion de ne pas bien mâcher, mais les zombies s'en fichent puisqu'ils sont déjà morts, et si ça se trouve ils seraient même très gentils s'ils n'avaient pas tout le temps faim.

M. van Scherten a souri un peu en regardant la butte avec le grand ange dessus et sa chère Hannah enterrée derrière. Il n'avait pas vraiment l'air triste, mais il pensait sûrement au jour où il reposerait à côté de sa femme. Lorsqu'il s'est rendu compte que je l'observais il a soupiré un peu en me passant la main dans les cheveux. Puis il s'est approché de la table et a rempli les verres.

– Bon, mais asseyez-vous maintenant, les garçons. Je dois dire que votre coup de téléphone m'a intrigué. Alors, de quoi s'agit-il ?

C'est difficile de se garer aux alentours de la place Ludwigkirche, mais M. van Scherten a tourné patiemment jusqu'à ce qu'une place se libère, à seulement deux immeubles de celui de l'affreuse Ellie.

Je me suis retenu pour ne pas embrasser son crâne chauve. J'avais laissé Oscar lui expliquer l'histoire des faux cartons de loto et des vrais sacs à main, parce que ça allait plus vite ; moi, j'étais tellement excité à cause de maman que je me serais embrouillé. M. van Scherten avait écouté patiemment, d'abord incrédule, puis de plus en plus crédule. Il n'avait cessé de hocher la tête, sauf quand Oscar lui avait demandé s'il ne s'était pas aperçu que maman falsifiait ses cartons, lui qui l'avait zyeutée pendant toute la soirée.

CRÉDULE : *quand on croit tout ce qu'on voit et tout ce qu'on nous raconte. Ce n'est pas exactement la même chose que les croyants, parce que eux ne croient pas tout mais juste Dieu.*

– Oui, mais je ne regardais pas ses cartons ! avait répondu M. van Scherten d'un air gêné.

Puis il avait vite ajouté qu'il adorait maman et qu'il l'admirait beaucoup d'avoir fait de moi un petit gars aussi formidable. Il a dit aussi qu'il ferait tout pour nous aider, et c'était ce qu'il faisait maintenant – exactement comme je l'avais espéré en me souvenant qu'en dehors de Kiesling et d'Irina je connaissais encore une personne dans le quartier qui avait une voiture.

Pendant qu'on observait l'immeuble de l'affreuse Ellie, Oscar parlait à M. van Scherten des faucons qui sont dans le clocher et de la déesse du nord. Je n'écoutais que d'une oreille. Je regardais constamment par la vitre en espérant qu'Ellie sortirait avec Porsche – à condition qu'elle soit rentrée chez elle depuis le matin. À condition qu'elle sorte encore de chez elle dans la journée. Et à condition qu'elle prenne sa voiture pour aller dans un endroit où elle volait des sacs très chers ou s'approvisionnait autrement.

Il y avait tellement de conditions que j'en avais le tournis. Je me suis demandé si M. van Scherten ne pouvait pas nous emmener rapidement sur la place Viktoria. J'aurais jeté quelques pièces dans la fontaine, cette fois-ci par-dessus l'épaule, comme il fallait. Mais la chance nous a souri, même sans la corruption.

– La voilà ! s'est écrié Oscar.

– Vieille mégère, a marmonné M. van Scherten.

L'affreuse Ellie avait à nouveau Porsche avec elle, mais je n'ai pas eu le temps de m'en réjouir. Car il y avait aussi quelqu'un d'autre. Un homme, plus jeune qu'Ellie, est sorti de l'immeuble derrière elle. Oscar et moi en avons eu le souffle coupé en même temps.

– Tiens, son fils, a dit M. van Scherten comme si c'était la chose la plus normale du monde. J'ai discuté une fois un peu avec eux, ça fait des années, Hannah était encore en vie, c'était notre première soirée loto, il avait emmené sa mère en voiture au foyer socioculturel, comment il s'appelle déjà ?

– Boris, ai-je dit à voix basse.

J'étais sans doute devenu tout pâle. En tout cas, ma voix était pâle.

– Ça ne peut pas être un hasard. C'est le propriétaire du club où maman travaille.

Tout à coup, je me suis rappelé à qui me faisait penser Boris : lui et sa mère avaient le même visage étroit. Si ça se trouve, ils étaient restés coincés un jour dans la même porte. Oscar a sifflé doucement entre ses dents. J'aurais bien sifflé aussi, parce qu'on fait ça dans les films policiers quand on a découvert un super truc, par exemple le lien qui existe entre maman et l'affreuse Ellie, ou alors la personne qui fait chanter maman en réalité. Mais j'étais encore bien trop choqué pour exprimer ce sac de nœuds avec mes lèvres et ma langue, en faisant sortir de l'air en plus. J'aurais juste réussi à avoir de la salive plein le menton, c'est sûr.

– Ah ah, ça devient vraiment intéressant, a dit M. van Scherten. En tout cas, ça ne peut pas être un hasard. On dirait que ce cher Boris fait un drôle de trafic à côté de sa boîte de nuit. Et madame sa maman lui donne un sacré coup de main.

Dans un premier temps, Boris a en tout cas aidé sa mère à monter dans sa Mercedes argentée ultrachic garée à trois voitures seulement de la nôtre. Porsche trottinait à côté de la portière, à la fois excité et perturbé, et Boris était aussi méchant avec lui que l'affreuse Ellie : il l'a attrapé par le cou avec un visage pincé et l'a balancé dedans, derrière sa mère. On a entendu les glapissements de Porsche jusqu'à notre voiture.

Quel salaud !

Quand Boris a démarré, M. van Scherten a également mis le moteur en marche, il a extrait la voiture de sa place de stationnement et suivi la Mercedes. J'ai décidé de demander pardon à la chance dès que j'en aurais l'occasion. Je l'avais prise pour une sensible qui se vexe facilement, mais là Boris me l'avait pour ainsi dire servie sur un plateau d'argent.

Malheureusement, ça ne faisait pas de différence pour le boulier de loto, dans ma tête. Il ne s'est pas emballé mais il tournait tout seul. Qu'est-ce que Boris détenait contre maman ? Avec quoi ce fumier la faisait chanter ? Autrefois, quand je m'étais battu à l'école avec Lawottny, au point de saigner du nez, j'avais ensuite demandé à maman comment elle avait dégoté ce job dans le night-club où elle travaillait depuis toujours, en tout cas depuis que j'étais là. Maman avait répondu que la boîte appartenait à un vieil ami, que je ne devais pas m'inquiéter et qu'elle n'en était pas une, comme l'avait prétendu Lawottny, mais qu'elle était juste gérante et barmaid. Ce Boris et elle se connaissaient donc depuis très longtemps. Mais combien de temps exactement ? Et comment ?

Plus j'y réfléchissais, plus les boules de loto rougissaient de colère dans ma tête et moins je comprenais où on se dirigeait. J'aurais bien aimé enfermer cette colère dans ma boîte-tortue, mais elle était déjà pleine à craquer de peurs et de soucis, et ce n'était pas le moment de fabriquer une nouvelle boîte avec une araignée venimeuse dessus. On a besoin de temps et de calme pour les sentiments, même pour les mauvais.

Il y avait une drôle de tension dans la voiture. Personne ne parlait. M. van Scherten faisait attention à ne pas s'approcher trop près de la Mercedes, sans la perdre non plus à tous les feux, et Oscar regardait par la fenêtre avec ses lunettes de soleil, plongé dans ses pensées. Il se demandait sans doute ce qu'il faisait là à poursuivre un criminel à cause de ma maman, tandis que sa propre mère s'était tirée depuis belle lurette et que son père avait toujours besoin de cette distance à la noix. Tout à coup, il m'a fait vachement de peine, alors j'ai pris sa main et je l'ai serrée. Il a continué à regarder par la fenêtre, où défilaient les rues animées de Berlin, mais il n'a pas retiré sa main.

M. van Scherten a fini par rompre le silence :

– On dirait qu'ils veulent sortir de la ville. Espérons qu'ils ont prévu autre chose qu'une simple petite virée à la campagne.

Moi, j'espérais aussi que Boris n'allait pas trop

appuyer sur le champignon. Notre voiture n'était qu'une vieille Golf. Quand on était montés dedans, rue Lilienthal, M. van Scherten avait dû relever les boutons de toutes les portes à la main, ce n'était pas le genre tout automatique. Je craignais qu'on n'ait aucune chance contre la Mercedes si elle se mettait à foncer sur les routes et, en plus, on devait lui laisser une certaine avance pour que Boris ne se rende pas compte qu'il était suivi.

M. van Scherten avait deviné juste : ils sont sortis de la ville. J'avais à peine le temps de voir à quel point Berlin se transformait vite et devenait de moins en moins Berlin. Au début, il y avait encore un tas de voitures qui vrombissaient, klaxonnaient et fonçaient dans les carrefours, plein de vélos dont les pneus glissaient en sifflant sur les pistes cyclables et de gens qui grouillaient sur les trottoirs. Puis les bruits se sont atténués et les rues sur lesquelles on roulait sont devenues une seule et unique route. Les immeubles devenaient des maisons et s'agrémentaient de petits jardins, s'espaçaient de plus en plus les uns des autres pour finalement céder la place à des arbres, des haies et des prairies au bord de la route. Au bout d'un moment, le trajet m'a semblé familier. Au bout d'un autre moment, j'étais certain de le connaître effectivement.

– On se dirige vers le sud ! me suis-je exclamé. Il y aura bientôt un panneau où Berlin est rayé !

– Comment tu le sais ? a demandé Oscar.

Il ne regardait plus par la fenêtre, mais devant, par-dessus l'appui-tête de M. van Scherten, et avec beaucoup de curiosité.

– Parce que j'y étais avant-hier, avec la moto de Wehmeyer, ai-je dit.

Le panneau est alors apparu au bord de la route, celui devant lequel je m'étais trouvé avant-hier : le bout du monde. Mais la Mercedes ne s'y est évidemment pas arrêtée pour admirer la vue. On a continué à rouler le long des sinistres champs de maïs qui s'étendaient au loin à perte de vue.

– Et ça aussi ! ai-je dit à voix basse. Les champs de hamsters.

– Ils ont quitté la région, on n'y trouve plus que quelques spécimens isolés, a dit M. van Scherten. Pour en trouver une réserve plus importante, il faut descendre encore un peu plus vers la Thuringe.

Il a vu mon regard surpris dans le rétroviseur et a tourné la tête par-dessus l'épaule en me souriant.

– J'ai enseigné la biologie et la physique quand j'étais prof. Je ne te l'ai jamais dit ?

J'ai secoué la tête. Je ne savais même pas qu'il avait été prof. Mais Oscar avait dressé l'oreille.

– La physique ? s'est-il exclamé.

Alors, pour la plus grande joie de M. van Scherten, il s'est lancé dans un exposé sur la rotation massive des galaxies, exactement comme l'autre jour avec Berts, comme si on n'était pas en pleine chasse à l'homme au milieu des champs de hamsters, comme si son imbécile de père ne l'avait pas laissé en plan deux jours plus tôt et, tout à coup, j'ai compris, pour je ne sais quelle raison tombée du ciel, qu'il parlait justement de tout ça parce qu'on était en pleine chasse à l'homme, parce que son père l'avait laissé en plan, et que cet étalage de connaissances n'était pas de la vantardise, mais plutôt une sorte de protection qui était beaucoup plus forte que son casque bleu et ses lunettes de soleil réunis.

Les gens intelligents sont vraiment étranges.

Il n'y avait presque plus de circulation sur la route, qui tournait de plus en plus. Je regardais régulièrement devant pour voir si Ellie ne laissait pas monter Porsche derrière, sur la plage arrière de la Mercedes. Je voulais lui faire signe en cachette et lui montrer qu'il deviendrait un ange, au plus tard dans le ciel, et que le bon Dieu le récompenserait de ses tourments inhumains en lui donnant des croquettes au chocolat. J'en avais goûté une fois grâce à des échantillons offerts par Edeka, c'était vraiment bon. Mais Porsche restait invisible. Cette idiote d'Ellie le maintenait sans doute sur ses genoux en lui hurlant encore dans les oreilles.

On a roulé, roulé, au milieu des interminables champs de maïs. Je n'étais plus du tout étonné que les hamsters aient fichu le camp d'ici. Ça ne peut pas être une belle vie de rester tout le temps au milieu des grains sans jamais trouver une carotte, pour changer, ou au moins quelques frites. J'ai soupiré avec soulagement quand on a enfin traversé un village. Avec ses jolies maisonnettes et ses jardinets, on aurait dit un paysage miniature pour train électrique, mais on avait déjà dépassé le village, et l'apparition d'autres champs de hamsters de plusieurs mètres de haut m'a rendu fou. Il n'y avait aucune variété, sauf si on regardait le ciel d'été qui était en train de se couvrir de sombres nuages. Super. Si en plus il se mettait à pleuvoir, on devrait sans doute s'arrêter tous les cent mètres dans cette pampa pour essuyer le pare-brise avec un chiffon, parce que notre imbécile de vieille Golf n'avait certainement pas d'essuie-glaces automatiques.

Et, pour couronner le tout, Boris s'est mis à appuyer sur le champignon, comme je l'avais craint. Juste avant on le voyait encore devant nous et, tout à coup, il a disparu. C'était presque comme dans un dessin animé, quand un chat bondit comme une fusée parce que sa queue a pris feu. Il avait peut-être remarqué qu'on le suivait, ou alors il avait juste envie de faire de la vitesse – en tout cas, la Mercedes a disparu en moins de deux derrière un virage dont on était encore à environ mille kilomètres.

– Mettez la gomme ! me suis-je écrié tout excité.

Mais M. van Scherten, qui continuait à rouler tranquillement, a secoué la tête.

– Je ne vais pas risquer ma vie et la vôtre en roulant comme un fou. Ce type a perdu la tête !

– D'après les statistiques, c'est dans les nouveaux Länder qu'il y a le plus d'accidents, a objecté Oscar.

J'ai regardé dehors. Aucun accident en vue à

l'horizon. À vrai dire, il n'y avait même pas d'horizon à cause de ces stupides champs de plusieurs mètres de haut et de tous ces virages.

NOUVEAUX LÄNDER : les nouveaux États allemands depuis la réunification. D'après l'atlas, le Brandebourg, la Thuringe, la Saxe comme la porcelaine et le Mecklembourg-Poméranie comme le loulou de Poméranie, qui n'est pas aussi mignon que le Jack-Russell. Il y a d'autres Länder, mais ils sont vieux et disparaîtront sûrement bientôt. Ce n'est même pas la peine d'apprendre leurs noms.

Les virages se succédaient, ainsi que les champs de maïs. Des chemins de terre rocailleux partaient régulièrement dans cette jungle de tiges grises et sèches pleines de grains jaunes. Plus la moindre trace de la Mercedes argentée, elle devait avoir pris une sacrée avance. Les minutes s'accumulaient en quarts d'heure. De minuscules gouttes de sueur perlaient sur le crâne chauve de M. van Scherten et Oscar serrait les poings. C'était clair qu'on avait perdu notre objectif.

Et puis tout à coup, comme par miracle ou sous l'effet d'un rouleau compresseur, le paysage, après un très long virage, est devenu plat et dégagé. On voyait toutes sortes de choses : des champs de céréales ondulants, des prés avec un troupeau de vaches marron et de moutons blancs tout laineux, de vieux arbres fruitiers noueux et, au milieu de tout ça, la route qui serpentait.

Mais pas la moindre Mercedes à l'horizon.

– Nom d'une pipe ! a pesté M. van Scherten. Ils ont dû tourner dans un des chemins !

– Est-ce qu'on doit tous les essayer ? ai-je demandé.

– Inutile, voilà un affût perché.

M. van Scherten a pointé le doigt devant lui. À la frontière de deux champs de céréales, entourée de haies et de buissons touffus se dressait une espèce de boîte posée sur un châssis en bois. On y montait par une échelle.

– Ça sert à quoi ? ai-je demandé.

– Aux chasseurs, a répondu M. van Scherten, laconique.

Il a garé la Golf tout près du bord de la route. On est descendus, on a longé les buissons et j'ai grimpé sur l'affût derrière M. van Scherten. Je le trouvais très sportif pour son âge. Quand j'ai regardé en bas, j'ai vu Oscar, tellement petit qu'il était presque englouti par les hautes céréales dorées.

– Qu'est-ce qu'il y a, tu viens ? lui ai-je crié.

Il nous a regardés à travers ses lunettes noires et s'est empressé de secouer la tête. J'aurais pu m'en douter. L'altitude, ce n'est pas son truc.

J'ai haussé les épaules en continuant à grimper, échelon grinçant après échelon grinçant, jusqu'à ce que mon nez se heurte pratiquement au derrière de M. van Scherten. La petite cabane en haut du perchoir était malheureusement fermée, donc on a dû regarder le paysage depuis l'échelle. Je pensais à Mme Dahling derrière son comptoir de viande en me demandant si elle savait que c'était de là-haut qu'on tirait sur les vaches qu'elle vendait sous forme de biftecks.

Les champs de maïs s'étendaient en direction de Berlin, formant un tapis gris-brun sous le sombre ciel d'orage. Au loin, une grande forêt délimitait cette pampa, on y voyait une seule vaste grange en bois, sans fenêtre, avec un toit tout de travers. En regardant bien, on distinguait une ligne courbe qui se faufilait à travers champs, de la grange à la route principale. Et en y regardant encore plus près… J'ai plissé les yeux.

– Regardez le nuage de poussière qui s'est soulevé ! ai-je crié à M. van Scherten.

Boris et Ellie avaient dû s'arrêter près de la grange. Et ils étaient repartis. Le mince nuage de poussière devenait de plus en plus épais en s'approchant de la route.

– Tiens tiens, a dit M. van Scherten. Les voilà repartis à toute berzingue. Pas impossible qu'on ait trouvé l'endroit où ils stockent la marchandise.

Cinq minutes plus tard, quand on est arrivés devant cette grange inquiétante après nous être fait malmener le derrière par les chemins de terre, pour la première fois je me suis vraiment senti mal. Et si Boris et l'affreuse Ellie revenaient pour une raison quelconque ? S'ils nous flinguaient parce qu'on les avait espionnés, dans ce désert personne ne s'en rendrait compte, et ensuite ils transporteraient nos dépouilles mortelles en Mercedes jusqu'en Thuringe, pour nous donner là-bas en pâture à une horde de grands hamsters, comme ça personne ne trouverait nos cadavres.

M. van Scherten a confirmé mes angoisses :

– Il faudrait que l'un de vous deux, mes petits héros, fasse le guet. Qui s'en charge ?

– Moi ! a aussitôt déclaré Oscar, pour ma plus grande joie.

Malgré mon malaise, j'avais envie d'entrer personnellement dans la grange. J'avais l'impression de pouvoir mieux aider maman que si j'avais juste monté la garde et je suppose qu'Oscar pensait exactement la même chose. C'est un vrai ami.

– Bien, lui a dit M. van Scherten. Pendant ce

temps-là tu peux regarder dans la boîte à gants, il y a du chocolat, pour te dédommager de rester debout, ce qui n'est pas très excitant.

– Quoi ? me suis-je récrié. Mais c'était pour…

Je me suis mordu les lèvres. Oscar m'a montré ses immenses dents en ricanant. C'était bien la peine d'avoir une alimentation bio ! Et de vrais amis !

Ah, là là là là !

Le bois qui avait servi à la construction de la grange était vieux et, par endroits, gondolé et fendillé, comme s'il avait subi les intempéries pendant trop d'années. Il n'y avait pas de fenêtres, juste une grande porte à deux battants fermée par une grosse chaîne. Ce bâtiment tout de travers était entouré d'herbes et de hautes tiges qui m'arrivaient jusqu'à la ceinture. C'était agréable de passer les mains dessus en faisant lentement le tour de la grange pour trouver un endroit par où pénétrer.

– Je me demande, ai-je dit, pourquoi Boris viendrait cacher sa camelote dans une remise aussi défoncée. N'importe qui peut entrer en donnant un coup de pied à quelques planches.

– C'est sans doute justement pour ça, a dit M. van Scherten. Est-ce que tu connais la fameuse histoire de la lettre égarée, d'Edgar Allan Poe ?

– Nan.

Je trouvais d'ailleurs que c'était beaucoup demander de connaître l'histoire de quelqu'un qui a été assez bête pour perdre une lettre. S'il est tellement distrait, il n'a qu'à encadrer ses lettres et les accrocher au mur.

– Tu devrais la lire un jour, je pourrais te prêter le livre, a ajouté M. van Scherten. Les cachettes les plus évidentes sont parfois les meilleures parce que personne n'imagine qu'elles puissent être une cachette.

À peine avait-il fini sa phrase qu'il s'est immobilisé pour examiner un bout de mur en fronçant les sourcils, puis il a donné un coup de pied dedans. On a entendu un gros craquement et M. van Scherten a basculé en arrière, dans l'herbe, en poussant un cri plaintif. Quelques petites bestioles ont bondi à ses côtés, sans doute des sauterelles. Je n'aimais pas ça du tout. Peut-être qu'elles iraient chercher leurs copines pour partager leur mets de prédilection, qui était justement un pauvre retraité avec une patte cassée.

– C'était votre pied ? ai-je demandé avec inquiétude. Est-ce qu'il est fichu ?

– Je suis peut-être vieux, mais pas encore complètement vermoulu, a gémi M. van Scherten en se relevant péniblement, la tête toute rouge.

Il a hoché la tête en direction de la grange.

– Ça a servi à quelque chose, au moins ?

Oui, ça avait servi. Une large planche s'était cassée vers l'intérieur. Je n'ai attendu ni ordre ni autorisation pour me mettre à genoux et me faufiler par le trou. Une fois à l'intérieur, je me suis relevé en claquant dans mes mains pour les essuyer. J'entendais toujours une sorte de claquement alors que mes mains ne bougeaient plus : les premières gouttes de pluie tombaient au-dessus de ma tête sur le toit de la grange.

– Alors ? a demandé M. van Scherten à travers la cloison en bois.

– Attendez.

Malgré quelques fissures entre les planches, qui laissaient filtrer ici ou là de fines bandes de lumière terne, il faisait tellement sombre qu'au début je n'y voyais rien du tout. L'air avait une odeur à la fois lourde, sucrée et âpre, ça sentait le foin entreposé depuis des siècles, j'imaginais, et aussi peut-être toutes sortes de bestioles qui s'étaient abritées là autrefois, quand il y avait un orage dehors et qu'elles devaient fuir les éclairs.

Une fois que mes yeux s'étaient enfin habitués à l'obscurité, j'ai regardé autour de moi. La pièce était jonchée de cartons de toutes les tailles ; isolés ou empilés, certains ouverts, d'autres fermés. J'ai commencé à regarder dedans.

Et dans le quatrième ou cinquième carton j'ai trouvé des sacs à main.

Eh ben si, il y avait des essuie-glaces automatiques. Ils allaient et venaient avec application tandis que M. van Scherten nous ramenait tranquillement à Berlin à un rythme d'escargot. L'asphalte mouillé chuintait sous les roues et la pluie cognait sur le capot comme des milliers de petits clous, tandis

que j'énumérais tout ce que j'avais découvert dans la grange.

– Des lecteurs de DVD, des téléphones portables, des sacs à main, des montres, toutes sortes de bijoux. Et puis ces mini-ordinateurs portables…

– Des notebooks, a précisé Oscar.

– Et même un carton plein de vestes en fourrure.

– Pas de téléviseurs ?

– Pas de téléviseurs.

Je le regardais écrire. Il s'était mis en tête d'établir une liste pour la police, mais qui allait lire ça ? On pourrait penser qu'un surdoué a par nature une belle écriture (ou un sens inné de l'ordre), mais l'écriture d'Oscar était un griffonnage presque aussi horrible que les pattes de mouche de son père. Et tout à coup, je me suis rendu compte…

– Hé ! Tu n'écris pas avec la même main que moi !

– Ah bon ? a répondu Oscar distraitement. Alors l'un de nous est gaucher. Qui ça peut bien être, à ton avis ?

Ah, là là ! D'abord il mangeait tout mon chocolat, et

maintenant voilà. S'il avait l'intention de se moquer de moi, je ne lui demanderais plus jamais rien. Je pouvais parfaitement me rabattre sur M. van Scherten.

– Qu'est-ce que vous pensez que les Wandbeck ont fait dans la grange ? lui ai-je demandé.

– Ils sont venus s'approvisionner, j'imagine, a répondu M. van Scherten. Étant donné la quantité et la variété des marchandises, on peut supposer qu'Ellie ne trafique pas seulement dans notre quartier mais dans toute la ville. Et son charmant fiston a sûrement d'autres assistants pour écouler toute cette camelote.

– Pourquoi est-ce qu'ils font tout ce cinéma, avec les soirées loto ? Pourquoi est-ce que Boris ne passe pas simplement les sacs à maman, de la main à la main ?

– C'est une façade, a dit M. van Scherten. Pour effacer les traces et mettre sur de fausses pistes. Si on interrogeait ta mère, elle pourrait toujours dire franchement qu'elle a gagné les sacs au loto. Je crois bien que la commune collecte les prix pour en faire don dans le quartier. Mlle Wandbeck peut facilement faire passer le sac clandestinement. Personne ne peut prouver le contraire. Le sac peut venir de n'importe où, la trace se perd.

– C'est aussi ce que je pense, a dit Oscar.

Il a posé sa liste et s'est dressé sur son siège pour fouiller dans sa poche de pantalon, puis il nous a mis une poignée de mendiants sous le nez.

– Quelqu'un en veut ? C'est bon pour les nerfs.

J'ai regardé ses graines avec appétit. J'étais certes

énervé par Oscar, mais seulement un peu, et si j'attendais trop longtemps, il finirait par retirer sa main. Tant qu'il ne me demandait pas quelle main c'était… J'ai décidé de lui pardonner et je me suis servi. Mais M. van Scherten a secoué la tête.

– Non, je suis allergique. Il suffit de trois de ces machins pour que je ne puisse plus respirer. Si t'en rajoutes quelques-uns je casse ma pipe.

– Et en plus, vous avez plein de boutons, lui ai-je rappelé tout en mastiquant.

– C'est vrai, mais ça m'est égal une fois que j'ai passé l'arme à gauche.

Il a rigolé doucement de sa pipe et de son arme, puis il est redevenu sérieux.

– Je ne sais pas, les garçons… Est-ce qu'une liste de ce genre suffit pour la police ?

– Pourquoi elle ne suffirait pas ? a demandé Oscar.

– Parce qu'on n'a rien vu d'autre, rien du tout. Personnellement, je suis absolument sûr que les Wandbeck sont venus dans la grange, mais je ne peux déclarer à la police en mon âme et conscience que ce que je peux vraiment prouver. Supposons que la police inspecte la grange et mette tout ce qui s'y trouve à l'abri. Puis elle débarque chez ce Boris pour l'interroger, et il nie : « Des marchandises illégales, moi ? Aucune idée ! J'ai fait une petite excursion avec ma maman, mais on n'a pas vu de grange – vous avez parlé d'une grange ? »

– Mais la police pourrait quand même fouiller sa

voiture, ai-je protesté. Ou l'appartement de l'affreuse Ellie.

– Oui, avec un mandat de perquisition, et c'est pas le genre de document qui se trouve par magie en une heure, ça prend du temps, a répliqué M. van Scherten. Pendant ce temps-là, ce cher Boris Wandbeck peut tranquillement détruire toutes les preuves éventuelles.

– Et les empreintes digitales dans la grange ? a dit Oscar. Il doit y en avoir partout, sur chaque carton.

– Si c'est bien lui qui a entreposé les cartons dans la remise, oui. Mais sinon ? Ou s'il porte des gants ?

– Et les traces de pneus ? ai-je suggéré.

– La pluie est en train de les effacer, a dit M. van Scherten en secouant la tête. Non, ce qu'il nous faut ce sont des documents ou des papiers qui permettent de faire un lien entre ce type et la marchandise volée. Ses livres de compte où il inscrit les recettes provenant d'affaires louches, un truc de ce genre.

– Il y en a peut-être dans le club, ai-je réfléchi tout haut. Maman dit toujours que son bureau est un capharnaüm parce que le chef laisse tout traîner. Et le chef, c'est Boris.

CAPHARNAÜM : *encore un mot impossible à écrire qui veut dire désordre en hébreu. C'est le nom d'une ville de Galilée. Mais ça n'a rien à voir avec les cafards, contrairement à ce qu'on pourrait penser.*

– Et comment tu veux qu'on entre dans un night-club ? a objecté Oscar, de mauvaise humeur. Les enfants n'ont pas le droit d'entrer.

Il faisait plein de petits points d'encre sur la liste avec son stylo. Dans le rétroviseur, j'ai vu M. van Scherten mordiller sa lèvre inférieure pendant quelque temps.

– Les enfants n'ont pas le droit, oui, a-t-il dit finalement d'un air songeur.

Et on a commencé à élaborer le plan... D ou E, je dirais. Il n'y avait qu'un problème, c'est qu'Oscar et moi on n'était pas dans ce plan. Quand M. van Scherten nous a déposés devant le 93, on n'avait toujours pas réussi à le faire changer d'avis.

– On fait comme ça, les garçons, a-t-il dit d'une voix ferme par la fenêtre ouverte de sa voiture. Je me mets sur mon trente et un, je vais au club ce soir et j'essaie de fouiller un peu les coulisses. Ce n'est pas la peine que j'y aille avant minuit ou une heure parce qu'il n'y aura pas assez d'animation. On pourra éventuellement aller à la police dès demain matin – c'est mieux le matin – donc garde bien ta liste, Oscar. C'est d'accord ?

On a juste hoché la tête d'un air malheureux quand il a démarré. La pluie crépitait autour de nos têtes et coulait tiède dans notre nuque. Ce n'était pas juste d'être exclus comme ça après tout le travail de détectives qu'on avait fait.

– Et s'il foire ? a dit Oscar, exprimant exactement ma crainte. S'il ne trouve rien ou s'il se fait prendre...

Sa voix s'est perdue. La pluie d'été continuait à ruisseler sur nous, mais on ne bougeait pas, sauf une fois où j'ai sursauté parce que toute cette eau sur ma tête m'a fait penser que je n'avais pas arrosé la terrasse des Runge-Blawetzky depuis lundi. Ils étaient encore en vacances jusqu'à samedi. J'étais très soulagé que le ciel se charge de cette mission pour moi.

Oscar avait retiré ses lunettes, fermé les yeux et renversé la tête en arrière. J'ai fait comme lui en fermant aussi les yeux, mais je voyais quand même quelque chose. J'ai parfois ces moments sans boulier de loto où je vois très clairement devant moi la solution d'un problème et où je sais exactement ce qu'il faut faire. Les choses me viennent alors naturellement à l'esprit. Comme M. van Scherten m'était venu à l'esprit avec sa voiture la veille, ou comme j'avais tout à coup compris, il y a quelques années, que ce ne sont pas les arbres qui font le vent en agitant leurs branches, mais le vent qui fait bouger les arbres en agitant quelque chose, même si je n'ai toujours pas trouvé quoi aujourd'hui.

J'ai rouvert les yeux.

– Il est quelle heure ?

La tête d'Oscar est remontée et il a regardé sa montre.

– Un peu plus de dix-sept heures.

– C'est quatre ou cinq heures déjà ?

– Cinq !

– OK, alors on a encore plein de temps.

J'ai hésité à lui demander pourquoi il ne disait pas cinq heures au lieu de dix-sept, et pourquoi on dit d'ailleurs dix-sept, dix-huit, mais pas dix-un, dix-deux. Si je ne lui ai pas demandé, finalement, c'est que mon boulier de loto était à peu près calme et avait intérêt à le rester.

– Du temps pour quoi ? a demandé Oscar.

– Tu verras. J'ai une idée.

– Quelle idée ?

– Plan D, deuxième partie, ai-je dit fièrement.

Et voilà que le boulier de loto s'est quand même mis à tourner parce que je ne m'y retrouvais plus très bien et que c'était peut-être en fait le plan E deuxième partie, ou le plan E première partie ou même encore le plan C troisième partie si on laissait tomber le plan D première partie et surtout le maudit plan E, mais ce n'était pas la peine que j'embrouille aussi Oscar. En tout cas, j'avais une bonne idée.

J'espérais juste qu'on pourrait réellement la mettre en pratique.

Toujours jeudi
(2e partie)

Maintenant, je suis obligé de diviser les jours comme les plans D ou E.

Mais ce n'est pas de ma faute, c'est encore celle des FEMMES !

Oscar avait beau dire que mon nouveau plan lui plaisait, en même temps il faisait la grimace de quelqu'un qui a mordu dans un citron, si possible avec plein de citronicides toxiques dans l'écorce.

– Qu'est-ce qu'il y a ?

– Faut que j'aille aux toilettes. Absolument.

– Petite ou grosse commission ?

– Les deux.

On n'a pas réussi à monter jusqu'à notre appartement. Au premier étage, on a entendu un terrible fracas et la porte des étudiants s'est ouverte brusquement.

Julia avait un sac à dos sur les épaules. Elle portait un anorak violet qui était super bien assorti à la couleur de ses yeux et encore mieux à ses cheveux blonds et lisses qui brillent toujours comme le soleil de printemps sur une mer ondoyante de boutons-d'or et qui sentent en même temps les roses du matin qui fleurissent dans un jardin enchanté au milieu des multiples autres fleurs, derrière lesquelles un petit ruisseau prend gentiment son cours en murmurant, avec sur ses berges claires de jolies biches qui baissent la tête pour… manger quelque chose. Sans doute des boutons-d'or.

Je n'y peux rien si je suis romantique. C'est un peu la faute des films d'amour que j'aime tellement regarder avec Mme Dahling, par exemple *L'Écho des montagnes*, où jouent aussi des biches. Mais c'est surtout aussi que chaque cœur a une serrure et que Julia était

la bonne clef pour la mienne, même si ses cheveux blonds donnaient plutôt l'impression qu'un troupeau de vaches avait piétiné la prairie de boutons-d'or. Elle tirait en suant et en gémissant une lourde valise sur le seuil de son appartement, et elle n'a même pas souri en me voyant.

– Salut, Rico...

J'aurais espéré un peu plus de joie de sa part, on ne s'était pas vus depuis vachement longtemps, et moi en tout cas je jubilais en secret. Mais Julia ne faisait pas plus attention à moi qu'à Oscar parce qu'il n'y en avait que pour sa stupide valise. On ne voyait personne dans l'appartement, derrière elle, mais on aurait quand même dit que leur orage débordait jusque dans la cage d'escalier.

– Tu veux déjà repartir en vacances ? lui ai-je demandé en clignant des yeux.

Il fallait qu'elle sache que je plaisantais. Les femmes aiment bien les hommes qui ont de l'humour, m'a dit Irina.

– Nan, je fiche le camp chez ma mère, a soupiré Julia. Ça chauffe avec Massoud. J'ai flirté une fois de trop pendant les vacances, on dirait, et il a pété les plombs.

J'ai failli lui demander si je pouvais entrer pour en mettre une à Massoud. Mais premièrement, il est beaucoup plus grand, plus âgé et plus fort que moi, et deuxièmement, c'est un type bien. Mommsen a beau dire que ce foutu Persan est sûrement un terroriste

– en fait, la Perse s'appelle aujourd'hui l'Iran, il y a du pétrole là-bas et, pas très loin, il y a aussi la jolie maisonnette de Mausole – moi, je ne le crois pas du tout, et si jamais Massoud faisait sauter le 93 ou le Reichstag, de toute façon Mommsen ne le saurait même pas puisqu'il passe sa journée à traîner dans son appartement avec du picolo.

– Tu vas rester combien de temps chez ta mère ? ai-je demandé.

– J'sais pas encore.

Julia avait enfin transporté sa valise jusque dans le couloir. Elle s'est redressée, a mis une main sur sa hanche et s'est servie de l'autre pour écarter quelques mèches de son front.

– Jusqu'à ce que j'aie trouvé autre chose à Berlin, je suppose.

Vu le temps que ça prend parfois avec moi, je peux dire que cette fois c'est allé étonnamment vite. Probablement parce qu'on est si proches, Julia et moi, même si je ne lui ai pas encore avoué mes sentiments intimes vu que je n'ai pas l'âge de bécoter.

– Un nouvel appartement ? me suis-je écrié avec consternation. Tu déménages ? Mais je croyais que Massoud...

Elle a secoué énergiquement la tête et la moitié de la prairie de boutons-d'or est retombée sur son front.

– Il reste là. C'est son appart, il est le locataire principal – tu peux te pousser ?

Elle s'est frayé un chemin avec sa valise entre Oscar

et moi, s'est retournée encore une fois, a saisi la poignée de la porte et glissé la tête dans l'appartement en criant :

– Connard !

Et *VLAN* !

Oscar a haussé les sourcils, au point qu'on a pu les voir brièvement au-dessus de ses lunettes. Chez moi, ça partait dans tous les sens, tellement j'avais peur. Je n'avais jamais entendu Julia dire un gros mot, et encore moins hurler. Elle avait toujours été d'une humeur radieuse, par exemple quand elle racontait lesquels de tous ses amoureux du monde entier savaient bien embrasser, lesquels pas, lesquels à moitié, etc. J'avais toujours eu peur qu'il y ait un demi-Italien dans le lot, parce qu'il aurait été hors de question que je la bécote dans quelques années. Maman avait dit un jour à Julia qu'elle collectionnait les amoureux comme d'autres les timbres et que son ambition était de n'avoir aucun double. Julia avait ri de son beau rire clair et répondu que c'était vrai et que son premier album était déjà plein.

– Elle habite où, ta mère ?

– À Ratisbonne.

– C'est vrai ? C'est là qu'habitait mon oncle Christian, jusqu'à sa mort récente ! Maman a hérité de sa maison et tout, en bas à gauche sur la carte.

– J'comprends, mon petit.

Julia a retiré son sac à dos pour fouiller dedans.

– Mais Ratisbonne est en bas à droite sur la carte.

– Ah… Oui, c'est ce que je voulais dire. Est-ce qu'il y a des demi-Italiens là-bas ?

– Quoi ?

– En bas à droite. Est-ce que… ?

– Nan, j'sais pas. Le nouveau du quatrième a l'air italien, ce charmant policier, tu trouves pas ? (Sa tête et une de ses mains avaient presque disparu dans le sac à dos.) à propos de police, Berts m'a raconté que tu étais impliqué dans cette histoire d'enlèvement et que l'immeuble en avait vu de toutes les couleurs ?

– Non, que du vert. La pièce où Oscar était enfermé était toute verte, ai-je expliqué. Et Oscar, c'est lui, dis bonjour. Oscar…

– Bonjour.

– … a été attaché au mur avec des menottes, mais moi j'ai eu une grave émotion cérébrale…

– Commotion, a corrigé Oscar.

– Oui, c'est ça, une commotion et…

– Mon petit bonhomme, a dit le sac à dos d'une voix impatiente, ne m'en veux pas, mais mon taxi va arriver et je ne trouve pas mon… ah, voilà.

Quand sa tête a réapparu, Julia tenait son porte-monnaie à la main. Elle l'a mis d'un air soulagé dans la poche de son anorak, a renfilé son sac à dos, empoigné sa valise des deux mains et l'a poussée dans l'escalier. Je pensais déjà que c'était fini, mais elle s'est retournée :

– Au fait, dis bonjour à ta mère de ma part, d'accord ? Je repasserai sûrement un de ces jours, quoique… il vaut peut-être mieux pas.

Elle a tout à coup froncé les sourcils et demandé à Oscar :

– Tu es qui, d'ailleurs ?

Oscar l'a fixée sans rien dire à travers ses lunettes noires. Julia a plissé les yeux comme si elle se demandait s'il était là depuis le début, puis elle a secoué la tête. Je la regardais tirer sa valise dans l'escalier, avec un mélange de tristesse et de colère. Elle n'avait qu'à se débrouiller toute seule. Non mais c'est vrai, d'abord elle vous rend dingue d'elle, et ensuite elle vous laisse tomber !

Je regardais toujours en bas alors que la porte de l'immeuble s'était déjà refermée. Oscar a retroussé son petit nez.

– Je l'ai trouvée bizarre.

– Je l'ai trouvée super, ai-je répondu.

Je restais planté sur place, sans réfléchir. C'était étrange – Julia ne me manquait pas vraiment, en tout cas pas encore. Le boulier de loto ne bougeait pas dans ma tête, la petite boîte-tortue restait bien fermée. Peut-être que le sentiment noir du vide, de la tristesse et de l'abandon ne me tomberait dessus que plus tard.

CHAGRIN D'AMOUR : *le sentiment noir du vide, de la tristesse et de l'abandon dans un muscle creux et compliqué avec plusieurs ventricules. A sans doute un rapport avec la « mort noire »...*

J'étais toujours pétrifié sur place quand la porte de l'appartement des Kessler s'est ouverte en face. Mele a surgi de l'obscurité, nous a vus et a ouvert plus largement la porte. Afra s'est faufilée à ses côtés en gloussant. Elles nous avaient sans doute épiés. Mele devait avoir piqué le rouge à lèvres de sa mère pour s'en barbouiller la bouche. On aurait dit qu'elle avait mangé plusieurs kilos de framboises sans utiliser de serviette après. Une vraie cochonne.

– Je veux t'embrasser, Rico Doretti ! a-t-elle hurlé.

J'ai dû avoir l'air complètement dépassé parce que Afra a pouffé de rire. Oscar a poussé un gémissement et Mele clignait des cils. Et puis *VLAN* ! Les jumelles ont disparu derrière la porte aussi vite qu'elles avaient surgi, et presque au même moment une autre porte a claqué. *CRAC VLAN* !

Je pourrais ajouter un petit *clic* parce que quelque chose s'était enfin mis en mouvement dans ma tête, et ça m'aidait à penser clairement. J'ai d'abord cru que le bruit venait du méprisable E qui fichait enfin sa Madame Champagne à la porte. Elle avait forcément dormi chez lui, mais elle lui avait tapé sur les nerfs pendant toute la journée et maintenant il voulait s'en débarrasser pour pouvoir gratter à notre porte parce qu'il s'était rendu compte que maman était la meilleure. Il pouvait toujours courir !

Mais ce n'était pas E.

– T'as intérêt à dégager le terrain ! a hurlé Fitzke dans la cage d'escalier.

Sa voix a failli dérailler.

– Et que je ne te voie plus jamais ici ! Je sortirai de l'appartement les pieds devant avant que tu obtiennes ce que tu veux – et même pour ça, j'ai prévu ce qu'il faut !

BOUM !

On a entendu des talons claquer dans l'escalier, une fois, deux fois, trois fois, en rond. Oscar et moi, on tendait l'oreille, fascinés, en rentrant la tête. Puis on a vu descendre une jeune femme, à peu près de l'âge de Julia. Elle portait un jean à franges, une légère veste d'été jaune pâle et un ruban de la même couleur autour de ses cheveux noirs. Dans d'autres circonstances, elle avait sûrement un très joli visage ; en tout cas, son nez retroussé et ses yeux marron en amande me plaisaient bien. Mais là, il était défiguré par la colère. Elle a failli faire tomber Oscar quand elle est passée à côté de nous en courant, sans dire bonjour. Quelle impolitesse !

– On devrait sonner chez Fitzke, a suggéré Oscar avec inquiétude une fois que le bruit des talons avait disparu et que la porte de l'immeuble s'était refermée.

– Pourquoi ?

– Parce qu'il vient de se mettre terriblement en colère, au cas où tu ne l'aurais pas entendu. Il a peut-être encore besoin d'un bêtabloquant…

– … et il n'arrivera pas jusqu'à la salle de bains !

– Exactement comme moi, a gémi Oscar.

On a quand même foncé jusqu'au quatrième et

martelé la porte de Fitzke à coups de poing. Elle s'est ouverte presque aussitôt. Le costume et le savon avaient déjà été oubliés. Fitzke portait son pyjama rayé crasseux et ses pantoufles marron d'où sortait le blanc laiteux de ses chevilles. Il a levé les yeux au ciel et avait l'air complètement fou. Des petits poils de barbe étaient hérissés sur son menton et ses cheveux partaient dans tous les sens. On distinguait derrière lui, dans son entrée obscure, les contours de quelques pierres.

– Ah, Doretti !

– Est-ce… est-ce que tout va bien, monsieur Fitzke ? ai-je glapi. Vous avez besoin d'un imprimé ?

– Quoi ?

– Un comprimé, je veux dire. Pour votre cœur déprimé.

– Est-ce que j'ai l'air d'en avoir besoin ?

– Plutôt, oui, a dit Oscar.

– C'est à cause de cette Bonhöfer, cette charogne !

Cette fois-ci, j'étais sûr qu'il avait vraiment perdu la raison. Il faut faire attention avec les fous, ils sont imprévisibles. Fitzke avait déjà menacé de nous couper la tête, à Oscar et moi, pour jouer au football avec. Je n'avais pas vu de tête chez lui quand on lui avait rendu visite, mais peut-être qu'il les cachait dans la cave.

– Mlle Bonhöfer est morte depuis longtemps, monsieur Fitzke, lui ai-je rappelé en marchant sur des œufs. Elle s'est…

– … fait exploser, et toute la baraque avec, oui, oui. J'suis au courant, mes fenêtres ont failli sauter ce jour-là. Ce n'est pas de Klara que je parle. Je parle de sa maudite petite-fille.

– Qui est Klara ?

Oscar, à côté de moi, a poussé un soupir de résignation.

RÉSIGNATION : *quand on est déçu et qu'on renonce à quelque chose qu'on a essayé sans y arriver. Par exemple, quand on grimpe sur le mont Everest, que nos lacets se déchirent au sommet, qu'on n'en a pas d'autres avec soi et qu'on ne peut plus redescendre. C'est donc souvent les petites choses qui nous poussent à nous résigner.*

Quelques couleurs sont revenues sur le visage pâle de Fitzke.

– Klara Bonhöfer, Doretti ! T'as laissé ton cerveau dans ton lit, ce matin, ou quoi ?

Non, mais j'te jure ! J'avais décidé d'être un peu plus gentil avec lui, mais il ne m'aidait pas. J'ai pris une profonde inspiration pour ne pas perdre tout de suite patience.

– Ça veut dire que Mlle Klara Bonhöfer avait une petite-fille ?

– Elle l'a toujours. Et un fils, à qui je dois l'existence de cette petite morveuse, a grommelé Fitzke.

– Mais… c'était une demoiselle !

C'est vrai, quoi, mademoiselle fait tellement célibataire qu'on ne pense pas tout de suite à des enfants, bien que les demoiselles puissent évidemment avoir des enfants, comme l'affreuse Ellie avec son Boris. Mais cette pensée m'est venue trop tard et Fitzke a recommencé à rouspéter :

– Si la bêtise était douloureuse, tu passerais tes journées à hurler de douleur, Doretti ! J'aurais mieux fait de…

Il s'est interrompu en faisant une grimace.

– … Ah, peu importe, laisse tomber. Et maintenant, du balai !

Je l'ai fixé d'un air ahuri. Il voulait passer le balai, lui ?

Pas question de lui demander ; Fitzke nous a claqué la porte en pleine figure. Oscar a bondi de terreur en arrière, il a trébuché et atterri sur les fesses. Je me suis tourné vers lui.

– Il veut qu'on lui apporte un balai ?

– Non, c'est une camisole de force qu'il lui faut ! s'est-il écrié en colère.

Je l'ai aidé à se relever. Une fois debout, il s'est tortillé sur ses jambes.

– J'ai failli me faire pipi dessus.

J'avais aussi un besoin pressant mais, quand on est arrivés chez nous au deuxième, j'ai laissé la priorité à Oscar.

– N'oublie pas les traces de frein, lui ai-je dit.

Il a filé dans les toilettes en rougissant.

J'ai parcouru tout l'appartement en regardant dans

chaque pièce. Exceptionnellement, maman avait fait mon lit et le matelas pneumatique d'Oscar et elle lui avait mis son nounours sur l'oreiller, mais elle n'était plus là, ce qui m'a un peu soulagé. Si elle nous avait demandé où on était, j'aurais dû lui mentir, et je n'en suis pas capable. Puis j'ai réalisé qu'elle avait bien réussi à ne rien me dire du chantage, et j'ai été en colère quelques secondes, pour redevenir triste aussitôt après. Dans ma tête, les boules de loto étaient d'abord devenues rouges, en s'entrechoquant, puis elles étaient devenues grises et s'étaient immobilisées, puis à nouveau rouges etc. Il était vraiment temps que ce chantage finisse. Je ne pourrais jamais manger assez de cacahouètes pour garder mes nerfs avec tous ces changements de couleurs.

Il y avait un stylo et un petit mot sur la table de la cuisine et, à côté, une grosse boîte de raviolis. J'ai attrapé le petit mot : « Suis sortie avec Irina. On cherche la robe bleue, ça peut durer longtemps. Peut-être qu'on ira donc directement au club ensuite. Bisou, maman. » Et en dessous : « PS. Faites chauffer les raviolis, si vous voulez. Demain, je ferai la cuisine. Je vous aime, bisous. »

J'ai ravalé ma salive. Un peu plus et je me mettais à pleurer, mais je me suis ressaisi. J'ai retourné le papier et griffonné au dos, au cas où maman reviendrait quand même : « On est chez Mme Dahling pour une soirée minitartines. Ne nous dérange pas. À demain ou peut-être déjà aujourd'hui. Ton cher Rico et Oscar. »

J'ai remis le mot sur la table de la cuisine.

J'avais l'impression d'être le plus grand traître de tous les temps. Parfois, j'aimerais vraiment ne m'avoir jamais rencontré. Mais tôt ou tard, j'aurais de toute façon fini par croiser mon chemin.

On a réchauffé les raviolis et on s'est jetés dessus. Ensuite, Oscar s'est installé dans le fauteuil à réfléchir, d'ailleurs il y est toujours, il feuillette mon encyclopédie des animaux. Moi, je me suis assis devant l'ordinateur pour noter les divers événements de la journée et pour réfléchir aux petites boîtes, et j'y suis toujours.

En fait, j'aimerais bien avoir, en plus de la boîte-tortue, une boîte pour la colère et une autre encore pour mes sentiments noirs à cause de Julia. Mais ça ferait déjà trois boîtes et je me demande si c'est bien d'en avoir beaucoup. Ce serait sûrement très confortable de pouvoir y mettre tout ce qui m'énerve ou me rend triste et d'attendre que ça devienne des boules de loto. D'ailleurs, il se pourrait qu'avec toutes ces nouvelles boules j'aie besoin un jour d'un nouveau boulier, même si le premier me rend déjà souvent complètement fou. En plus, les boules de loto ont toutes la même forme, et au bout d'un moment je ne saurais plus de quel sentiment elles proviennent, donc j'aurais forcément du mal à les trier, le jour où j'en aurais le temps et le courage à la fois.

Ah, là là là là !

Il faudra que j'y réfléchisse sérieusement plus tard. C'est vrai que j'aurais le temps maintenant, parce que M. van Scherten ne veut pas aller au club avant minuit. Mais on ferait mieux d'utiliser ce temps à aller voir Mme Dahling qui ne se doute pas encore qu'elle fait partie de notre plan D ou E. Oscar, lui, a l'air d'avoir oublié, tellement il est absorbé par les animaux de l'encyclopédie, et moi je n'ose pas y aller. Mme Dahling était tellement heureuse hier soir, je n'ai pas envie de lui gâcher son humeur. D'un autre côté… Elle trouve que Miss Marple est géniale, et là elle pourrait jouer elle-même la détective, pour une fois. Peut-être qu'on va réussir à la convaincre si on prend tous les gants possibles pour lui raconter l'histoire.

Exactement.

Il suffit qu'on mette des gants.

Et de la sensibilité.

Presque vendredi déjà

Une atmosphère sympathique

– C'était du chantage !

Mme Dahling essayait de se tenir à son parapluie parce qu'elle était déjà un peu pompette et que ses protestations lui faisaient perdre l'équilibre.

– Il est une heure et demie du matin et me voilà sous la pluie à Neukölln ! Me laisser embarquer dans une telle folie. Faire le garde du cœur… euh, du corps !

– Vous voulez un peu de mon falafel ? lui a proposé Oscar, la bouche pleine. Il est super bon.

Elle a examiné son double reflet dans les lunettes noires d'Oscar, avec l'air de se demander si elle connaissait la femme qui la regardait en face, avec sa robe à fleurs et à poignées d'amour dans les tons brique, sa coiffure du divorce, ses sourcils fraîchement épilés et son regard légèrement trouble. Puis elle a secoué la tête et observé, comme elle le faisait depuis presque une heure, la chaussée mouillée par la pluie et, au-delà, le night-club. Il y avait des voitures garées partout. On avait aperçu la Mercedes argentée plus haut dans la rue, dès notre arrivée. Et la vieille Golf de M. van Scherten était garée à l'entrée d'une des ruelles latérales.

– Tu en veux, Rico ? m'a demandé Oscar.

Il brandissait sa dernière boulette de légumes sous mon nez, mais j'ai refusé moi aussi. J'étais trop excité pour avoir faim. Mais j'ai quand même envié Mme Dahling quand elle a fini par enfourner d'un seul coup cette boulette appétissante. D'accord, elle avait payé le falafel, mais elle aurait quand même pu me demander si je n'avais pas moi aussi changé d'avis.

Non mais vraiment, quelle goinfre !

C'était peut-être sa vengeance, et pourtant on ne l'avait pas vraiment fait chanter. On lui avait juste expliqué avec des gants qu'au pire on partirait à pied jusqu'à Neukölln au milieu de la nuit, sans aucun adulte. On était dans son salon, sur son canapé pelucheux, mais sans film ni minitartines. Mme Dahling, qui ne boit de l'alcool que quand elle est très énervée ou très joyeuse, était tellement atterrée qu'elle a descendu plusieurs verres de remontant pendant que je parlais, parlais, en espérant qu'elle me croie. Car une chose était certaine : on lui avait quand même raconté des bobards. Sans adulte pour nous accompagner, notre plan serait tombé à l'eau. Deux petits garçons tout seuls dans les rues de Neukölln après minuit – ça n'aurait jamais marché. Tout le monde sait que c'est l'heure où traînent là-bas les gangsters de la mafia et les tueurs en série d'enfants tout seuls, sans parler des millions de rats qui sortent des bouches d'égout et inondent les rues.

– Mais pourquoi voulez-vous absolument aller là-bas ? a demandé Mme Dahling. Ce M. van Scherten se débrouillera sûrement sans vous, non ?

Parce qu'il s'agissait de maman, lui ai-je expliqué. Et que je voulais être aussi près d'elle que possible pour pouvoir intervenir au cas où il y aurait un os. Ou, plus exactement, dès qu'il y aurait un os, car j'avais un très mauvais sentiment dans l'estomac, ou dans ce coin-là, quelque part dans le ventre en tout cas. Un mauvais sentiment impossible à chasser.

Mme Dahling a hoché la tête avec énergie.

– J'ai eu le même sentiment avec mon mari, pendant des mois ! Et après, il m'a avoué qu'à cette époque il était déjà tout le temps avec son autre bonne femme. Ce salaud…

Puis elle s'est tue en regardant d'un air absent son téléviseur éteint, comme s'il y passait un film sur un divorce réussi qui aurait dû l'égayer mais qui, en fait, la rendait infiniment triste, parce que c'est difficile de rester seule sur son canapé pelucheux jusqu'à la fin de sa vie.

– Et qu'est-ce qu'on fait maintenant ? ai-je demandé avec angoisse.

Mme Dahling se comportait toujours comme ça

avant que le sentiment de grisaille lui tombe dessus, et quand ça arrivait on ne pouvait plus lui parler. Pendant un moment, on a retenu notre respiration avec inquiétude, Oscar et moi, mais Mme Dahling a fini par relever les yeux.

– Qu'est-ce qu'on fait ? On prend un taxi, bien sûr !

On s'est donc retrouvés sous le petit auvent d'un stand de döner kebab sur lequel la pluie tambourinait inlassablement. Sinon, c'était assez calme. Depuis qu'on était arrivés en taxi, seuls quatre garçons turcs très bruyants étaient venus manger, puis Oscar, qui n'avait jamais goûté de falafel. Le patron était un vieil homme très gentil qui s'appelait Akgüner. Il nous avait expliqué que son nom voulait dire « quand il fait très clair le matin » et je trouvais ça joli, d'autant plus qu'il n'avait pas eu la curiosité de nous demander ce qu'on faisait là au milieu de la nuit.

– Tiens, encore un ! a marmonné Mme Dahling.

J'ai regardé en direction du club, où un homme appuyait sur la sonnette à côté de la porte rouge vif. Au dessus clignotaient les lettres roses d'une inscription au néon : *La Souricière*. On a aperçu un crâne dégarni quand le balèze qu'on avait déjà vu plusieurs fois a ouvert la porte. C'était le portier, mais surtout le videur aussi, en cas de problème avec un type bourré ou autre chose de ce genre. Le client a disparu à l'intérieur et la porte s'est refermée.

Comme je n'arrêtais pas d'énerver maman en lui disant que j'aimerais bien voir le club une fois, elle et Irina me l'avaient montré l'année dernière, mais juste de l'extérieur, en passant en voiture. Je ne l'aurais jamais retrouvé tout seul, mais Mme Dahling connaissait l'adresse – maman la lui avait donnée en cas d'urgence. En plein jour, le club ne m'avait pas impressionné. C'était un bâtiment d'un étage qui avait l'air un peu coincé au milieu des immeubles anciens – construit à la place d'un immeuble détruit pendant la guerre, comme celui d'Oscar dans la rue Ansbacher.

Mais maintenant, en pleine nuit, dans la lumière blafarde des réverbères et derrière les rideaux de pluie, la boîte avait l'air vachement chic. Trois petits projecteurs installés sous la gouttière éclairaient la vitrine opaque entièrement recouverte de photos de palmiers et de femmes en bikini sur la plage. «Atmosphère sympathique» était écrit à côté d'un palmier, et les femmes avaient un sourire enjôleur qui voulait dire : « Hé, jeune homme, entre donc dans notre club de plage ensoleillée pour boire une délicieuse boisson rafraîchissante ! »

Dans la porte rouge il y avait un trou pour regarder, et en plus une minicaméra, dans le coin en haut. Ceux qui voulaient entrer se mettaient devant le trou. Tout à l'heure, un client avait même souri et fait un signe à la caméra.

JUDAS : un trou pour regarder dans une porte. Ça vient d'un ami de Jésus qui a fait un trou dans sa porte pour pouvoir l'observer et ensuite le trahir en l'embrassant, mais pas sur la bouche.

– Quand je pense qu'une boîte pareille est tellement fermentée… fréquentée, a murmuré Mme Dahling.

– Ça veut dire quoi fréquentée ?

– Elle attire du monde, m'a expliqué Oscar qui était en train d'essuyer ses doigts pleins de falafel avec d'innombrables serviettes en papier.

J'ai hoché la tête d'un air radieux. J'étais vraiment fier de maman et aussi d'Irina, qui avaient tellement de clients, parce que ça voulait dire qu'elles faisaient bien leur boulot. Mais Oscar n'était pas radieux du tout. Il a jeté les serviettes dans une corbeille en disant :

– Cette *Souricière* est mal famée. Y a des femmes

dedans qui sont obligées de vendre leur corps à des hommes. Pour la sexualité.

Je l'ai foudroyé du regard.

– Non, elles leur font juste passer quelques bons moments. Et elles sont pas obligées !

– Si ces moments étaient aussi agréables pour les femmes, elles ne prendraient pas d'argent pour ça. Je me trompe ?

Je ne pouvais pas le sentir quand il me disait ce genre de choses avec sa tête toute rouge. Il me faisait penser à Lawottny et je sentais que non seulement les boules de loto commençaient à rouler dans ma tête, mais aussi que l'étagère où était posée la boîte-tortue était en train de vaciller. Si Oscar ne faisait pas gaffe, j'allais lui en mettre une.

Il a dû sentir ce qui se passait en moi et a soudain baissé le ton.

– Je n'ai pas dit que ces femmes étaient bêtes à cause de ça.

– De toute façon, maman n'est que la gérante, ai-je répliqué d'un air buté.

Puis je me suis tourné vers Mme Dahling pour avoir son aide.

– C'est bien vrai, hein ?

– T'as qu'à lui demander, a grommelé Mme Dahling. Je ne suis qu'une vendeuse de viande, moi. Quelle folie ! Il me faut quelque chose à boire.

– Moi aussi, a dit Oscar en la rejoignant au comptoir du stand turc.

Mme Dahling a commandé un Coca avec un tout petit doigt de whisky et Oscar s'est lancé dans une discussion avec Akgüner parce qu'il n'avait pas de jus de carotte fraîchement pressé en rayon. Je me suis détourné. De toute façon, je savais qui allait gagner.

C'était ennuyeux d'attendre là à regarder tomber la pluie. Je pensais vraiment que Neukölln, la nuit, c'était plus passionnant que ça. Le bruit de la circulation déferlait depuis la rue Karl-Marx, où on avait tourné avec le taxi, et la lumière montait dans le ciel pluvieux à partir de multiples sources. Il y avait de l'animation là-bas. Mais ici il ne se passait absolument rien, à part cette boîte de nuit et son atmosphère sympathique.

La pluie qui gouttait sur ma tête et tout autour de moi me déconcentrait complètement. J'ai quand même essayé de réfléchir à ce qu'on ferait si mon mauvais sentiment dans le ventre avait raison et si M. van Scherten était surpris en train de fouiller, ou s'il se passait une autre chose désagréable. Appeler la police, bien sûr. Par précaution, Oscar avait pris notre liste de marchandises illégales. Mais est-ce que cette liste était suffisante sans preuves supplémentaires ? Est-ce que M. van Scherten avait vraiment une chance de mettre la main sur des documents ? Maman le connaissait et était sûrement surprise de le voir là.

Plus j'y réfléchissais, plus j'étais inquiet. Je me suis tourné vers Oscar et Mme Dahling. Mme Dahling était en train de se faire verser un autre petit doigt de whisky dans son Coca. Oscar avait extorqué une grosse carotte à Akgüner et il croquait dedans avec ses gigantesques dents.

– C'est trop long, leur ai-je dit. Peut-être que van Scherten s'est fait prendre et qu'il est déjà tout bâillonné et attaché dans une pièce du fond.

Oscar a fait une grimace compatissante. Il imaginait sans doute M. van Scherten nourri aux frites et aux hamburgers pendant plusieurs jours. Il a pointé l'autre côté de la rue avec sa carotte.

– C'est vrai, il en met du temps. Mais on peut difficilement aller sonner là-bas et demander comment il va.

Moi, je trouvais qu'on pouvait le faire.

Mme Dahling a poussé des petits cris de frayeur en

me voyant courir sur l'asphalte mouillé. Je m'étais faufilé en un éclair entre deux voitures garées et je me trouvais devant la porte rouge vif. J'ai souri en faisant un signe à la petite caméra en haut, et en même temps j'ai appuyé sur la sonnette.

Aucune réaction.

– Tu ne crois quand même pas, a dit Oscar qui avait surgi à côté de moi comme un fantôme, qu'ils vont ouvrir à un petit garçon.

– Mais maintenant, on est déjà deux petits garçons, ai-je dit.

En fait, on était plutôt un petit et un moyennement petit, mais ce n'était pas le moment d'en discuter. Ensemble on faisait en tout cas un grand garçon et à nous deux on était presque majeur aussi, je supposais en tout cas.

MAJEUR : *quand on a le droit de voter à dix-huit ans. Par exemple d'aller en voiture à la banque pour retirer de l'argent avec lequel on ouvre une école de dressage canin qui est à côté d'une vidéothèque où on loue un super film qu'on racontera à ses copains en boîte de nuit, avant de se marier le lendemain.*

J'ai à nouveau appuyé sur la sonnette et j'ai laissé mon doigt sur le bouton.

– Frederico ! s'est exclamée Mme Dahling, qui avait également surgi. Laisse tomber. C'est pas comme ça que tu vas aider ta mère !

– Et M. van Scherten non plus, s'il est justement en train d'espionner dans les bureaux, a ajouté Oscar.

Je n'y avais pas pensé, mais maintenant c'était trop tard. La porte s'est ouverte brusquement et le videur chauve nous a dévisagés. Il portait un élégant costume noir et se tenait dans un vestibule faiblement éclairé où sa tête touchait presque le plafond. On apercevait derrière lui une autre porte qui devait mener directement dans le club. Il nous observait tous les trois avec un visage impassible. D'abord, il a fixé les lunettes de soleil d'Oscar et sa carotte entamée, le verre en carton de Mme Dahling avec du whisky-Coca dedans et dans son autre main le parapluie fermé, et enfin moi.

– Non mais je rêve !

Sa voix ressemblait à un très lointain grondement de tonnerre. Ou au grognement très proche d'un gros chien. J'ai avalé ma salive. Oscar est venu à mon secours :

– On cherche un vieux monsieur.

– Exactement, ai-je confirmé en hochant la tête,

content que ma voix fonctionne encore. Sur la tête il est un peu comme vous, mais il porte sans doute une chemise d'où sortent les poils de sa poitrine. Des poils gris argent, mais il y en a aussi quelques noirs dedans.

– Et c'est qui ? Votre grand-père ?

On a secoué la tête.

– Votre père ?

Il était tombé sur la tête, ou quoi ?

– Mon père est mort lors d'un tragique accident de pêche, devant la côte napolitaine. Et le sien a besoin de distance, alors qu'il vient de rentrer de chez les Vikings, ai-je ajouté en montrant Oscar.

Le portier a regardé au-dessus de ma tête.

– Votre mari ? Grand-père ? Frère, neveu, cousin, beau-frère ?

Je me suis retourné. Mme Dahling secouait la tête. L'air était traversé de gouttes d'eau. Elle n'était pas seulement sous la pluie, mais aussi sous le choc, ça se voyait très bien. Son visage était presque aussi rouge que la porte, et ses yeux étaient tout écarquillés.

– OK, a dit le videur. Cassez-vous.

– L'homme qu'on recherche est un bon ami de la famille, a tenté Oscar.

– Ah bon ? Et vous êtes quel genre de famille ? Vous vous êtes tous évadés de l'asile ou quoi ? Ici c'est une boîte de nuit, pas une aire de jeux.

Je n'ai pas besoin de préciser que mon boulier de loto tournait à plein régime depuis un moment. Des boules tombaient de partout. J'ai voulu passer devant le type, mais il m'a appuyé sa grosse main sur la poitrine pour me retenir.

– Je ne plaisante pas, mon petit, a-t-il glapi d'un ton menaçant. Fichez-moi le camp ou j'appelle les flics ! Ils mettront votre mamie dans une cellule de dégrisement et vous dans un foyer pour enfants près de la frontière polonaise.

– C'est vous qui sortez d'un foyer en Pologne ! a répliqué Oscar.

– Oui, c'est ça, a bredouillé Mme Dahling avant de se mettre à sangloter doucement. Vous n'avez donc aucune pitié pour un petit garçon qui perdra bientôt la vue ? Espèce de Mickey !

Le videur m'a donné une petite bourrade.

La porte s'est refermée en claquant.

J'ai donné des coups de pied dedans avec toute ma force.

Aucune réaction.

Quel fiasco !

Une minute plus tard, on était à nouveau devant la boutique d'Akgüner, où j'essayais de ranger les boules dans le boulier tandis qu'Oscar faisait la leçon à Mme Dahling :

– Si vous buvez encore de l'alcool, on devra rentrer à la maison. Bredouilles. Vous devriez absolument passer à l'eau et manger quelque chose de salé.

– Nous n'avons malheureusement que de la viande en magasin, jeune homme, a répondu Mme Dahling. Sinon je prendrais bien des rollmops ou... du salé ?

Elle a adressé un regard désemparé à Oscar qui lui a expliqué patiemment :

– L'alcool inhibe une hormone qui récupère l'eau de vos reins, vous comprenez, et cette eau transporte des sels vitaux pour votre corps.

– Personne ne s'est jamais plaint de mes petits reins, a dit Mme Dahling en pouffant de rire.

Elle pouffait toujours quand Akgüner lui a tendu un gobelet par-dessus le comptoir. C'est Oscar qui l'a pris.

– Votre maman, votre mamie, ou autre chose ? a demandé Akgüner.

– Autre chose, a dit Oscar en tendant le gobelet sous les lèvres de Mme Dahling.

Puis il a repris sa carotte.

Je me suis retourné et j'ai regardé d'un air haineux le club qui disparaissait derrière un rideau de pluie de plus en plus épais. Tout à coup, je ne voulais plus que maman travaille là. Je ne voulais plus qu'elle soit triste, pour aucune raison. Je voulais juste que ça redevienne aussi bien qu'avant avec elle, qu'on puisse jouer au loto sans qu'elle soit obligée de gagner des sacs à main et que je puisse aller au centre spécialisé sans que des gars comme Lawottny racontent que c'en était une.

– Maman, ai-je murmuré.

Les secondes se succédaient. La sirène d'une ambulance, des pompiers ou de la police a retenti au loin. La porte rouge vif du club s'est ouverte en face de nous. Personne n'avait sonné, aucun nouveau client n'était apparu dehors, il n'y avait absolument personne. Il y avait juste maman qui est sortie dans la lumière pluvieuse, comme si elle m'avait entendu murmurer, ma maman dans une robe claire avec de fines bretelles, qui regardait autour d'elle.

– Regardez, c'est Mme Doretti ! s'est exclamée Mme Dahling derrière moi.

Mme Dahling s'est glissée à côté de moi et a fait de grands signes avec son parapluie en titubant, comme si elle était sur le bateau à vapeur d'où sa poupée était tombée dans le lac.

– Madame Doretti, Tanja !

Oscar a saisi sa main en un éclair et l'a rabaissée. Même à travers la pluie et depuis l'autre côté de la rue, j'ai vu les yeux de maman s'écarquiller de frayeur lorsqu'elle nous a aperçus. J'ai vu aussi la main du cerbère qui s'est posée sur son épaule nue pour la faire rentrer à l'intérieur.

Puis j'ai vu tout rouge et suis parti en courant.

– Les enfants ! a crié Mme Dahling derrière moi.

Tout à coup, Oscar a surgi comme une ombre à mes côtés, les menottes en plastique du méprisable E claquaient contre mes jambes, maman s'était dégagée des mains du videur, elle a sauté sur le trottoir, a trébuché sur ses sandales à talons et s'est cassé la figure derrière une des voitures garées, de sorte que je ne pouvais plus la voir, et la sirène hurlait depuis la rue Karl-Marx, elle s'approchait de plus en plus, et Mme Dahling criait toujours :

– Les enfants ! Les enfants !

Je me suis faufilé entre les deux voitures garées et me suis agenouillé à côté de maman. Elle était allongée dans la saleté du trottoir boueux, le visage déformé par la douleur. Sa jolie robe claire ressemblait d'un côté à une serpillière et la pluie avait immédiatement trempé ses cheveux. Elle a gémi « Rico » en tâtant sa cheville, et m'a regardé droit dans les yeux, avec une expression si désespérée que le boulier de loto s'est immobilisé en crissant dans ma tête.

Puis maman a dit encore quelque chose qui a été couvert par le bruit, car Oscar hurlait comme un fou sur Boris, qui était soudain apparu sur le trottoir, comme surgi de nulle part, et Oscar n'arrêtait pas de lui donner des coups de pied dans les tibias. La sirène était de plus en plus forte, à me percer le tympan. Autour de nous, des millions de gouttes de pluie étincelaient, blanches et bleues, comme un immense feu d'artifice. Des gens excités sortaient du club en criant, surtout des hommes dont certains déguerpissaient comme s'ils avaient le diable à leurs trousses, mais aussi quelques jeunes femmes qui portaient toutes le même genre de fringues que maman. Il y avait une femme avec une robe particulièrement frappante, d'un bleu magnifique, qui enveloppait son corps comme de l'eau, même sous la pluie.

– Fred !

Irina nous a fait signe et a essayé de se frayer un chemin jusqu'à nous, mais avant qu'elle puisse nous rejoindre dans cette cohue, j'ai vu passer devant ses jambes deux hommes qui transportaient un vieillard effondré, avec l'aide du gigantesque videur. Les poils de M. van Scherten dépassaient de sa chemise ouverte et débraillée, comme l'autre soir au loto, des pustules rouges se dessinaient sur son visage blême et ses lèvres n'arrêtaient pas de s'ouvrir et de se fermer à la recherche désespérée d'un air qui, pour je ne sais quelle raison, ne voulait pas entrer dans ses poumons.

La sirène a enfin arrêté de hurler, mais les gens continuaient de crier. Toutes les fenêtres s'ouvraient dans la rue et les appartements s'illuminaient, des secouristes en uniforme orange et blanc vif sont accourus avec une civière où on a installé M. van Scherten, et Irina tirait un des secouristes par le bras et lui criait dessus en montrant maman et moi. J'avais envie de me boucher les yeux et les oreilles. Tout ça était trop pour moi. Mais mes mains avaient attrapé les épaules de maman depuis longtemps. Elles essayaient de la redresser pour que sa tête ne reste pas dans l'eau de pluie, et c'est comme ça que j'ai vu maman pleurer et l'ai entendue sangloter :

– Rico, ô mon Dieu, Rico, mon unique trésor – si tu savais ce que tu as fait !

Irina nous a emmenés, Oscar, Mme Dahling et moi, à l'hôpital Urban en voiture. Le temps qu'elle ait enlevé ses talons pointus et qu'elle les ait balancés avec son sac à main à côté d'Oscar et moi sur le siège arrière, l'ambulance hurlante avait disparu depuis longtemps dans la nuit avec M. van Scherten et maman. Irina conduisait pieds nus mais râlait tout le temps parce que son étroite robe bleue gênait ses jambes. Devant le feu rouge de la place Hermann, elle l'a carrément remontée sous son derrière.

Mme Dahling, à côté d'elle, s'est enfilé une bonne gorgée d'eau minérale de la bouteille que lui avait donnée Akgüner – un cadeau de la maison. Les essuie-glaces allaient et venaient, la pluie faisait des traces de salissure sur les vitres. Irina me fixait sans rien dire dans le rétroviseur. Elle était en colère.

– Qu'est-ce qui s'est passé dans le club ? ai-je demandé timidement.

Ses yeux m'ont foudroyé.

– Fred, j'aime toi, tu le sais ! Mais si tu dis encore un mot je te donne gifle ! Je m'ai énervée, je dois calmer moi maintenant. D'accord ?

Le feu est passé au vert au moment où j'hésitais à sortir de la voiture tellement j'avais honte. On a continué à rouler en silence. Quelques minutes plus tard, dans la rue Grimm, Irina s'est brusquement rangée sur la droite. Elle a mis le frein à main et s'est tournée vers moi.

– Bon, écoutez-moi ! Je veux savoir rien, compris ? Ça va faire que les ennuis. Pourquoi vous êtes là dans rue, en milieu de nuit ? C'est rapport avec vieil homme malade et avec Tanja, c'est sûr, mais je veux savoir pas, compris ?

J'ai hoché la tête.

Oscar a hoché la tête.

Mme Dahling a hoché la tête.

– Bon. Qu'est-ce qui s'est passé dans club ? a continué Irina en prenant une grande inspiration. Je vois vieil homme en allant chercher champagne dans la réserve, d'accord ? J'ouvre le porte, lumière est allumée. Bizarre, je pense, mais ça arrive, hein ? Et tout à coup, vieil schnock surgit d'ombre, pas avertissement, rien. Il s'est perdu juste en allant sur les toilettes, je pense après, mais comment je peux savoir maintenant ? J'ai le peur de ma vie et je appelle Boris avec hurlements. OK ?

– OK, avons-nous répondu en chœur tous les trois.

– Bon, je continue crier, je suis la Russe, j'ai poumons forts. Le vieil schnock regarde moi choqué, sans dire le mot. Et tout à coup, il prend sur étagère le paquet de cacahouètes, il ouvre et avale cacahouètes, moi je pense il a une graine, il vole ici cacahouètes où il y en a plein gratuit dans salle devant ! Moment après, Boris entre avec autres gens aussi, mais il est trop tard – vieil schnock roule des yeux et tombe dans la terre.

– Il est allergique aux cacahouètes, a dit Oscar.

– Oui, petite Oscar, comment moi je sais ?

Irina, toujours furieuse, a desserré le frein à main et passé la première vitesse.

– Mais une chose je peux dire à toi : je suis allergique de tout ce merde-là !

On s'est arrêtés sur le grand parking de l'hôpital. J'ai levé les yeux sur ce bâtiment en forme de fer à cheval et me suis dit qu'on devait partir d'ici, maman et moi. D'une façon ou d'une autre, on atterrissait toujours dans cet hôpital. D'ailleurs, je ne l'avais jamais aimé. De l'extérieur c'était un horrible cube gris, et à l'intérieur il n'était agréable que quand on nous apportait à manger au lit.

Il y a eu pas mal de cafouillages à la réception, le temps qu'Irina et Mme Dahling expliquent qui on était et qui on cherchait, mais finalement on s'est tous retrouvés assis les uns à côté des autres sur des tabourets en plastique jaune dans un couloir bleu-vert baigné d'une lumière froide. Je tripotais mes stupides menottes qui ne m'avaient servi absolument à rien. Une doctoresse est arrivée dans une blouse flottante. Elle nous a expliqué que nous devrions attendre encore un moment parce qu'on manquait malheureusement de personnel, mais que maman était en train de passer une radio, elle s'était peut-être cassé la cheville, ou avec un peu de chance seulement foulé.

– Et M. van Scherten ? ai-je demandé d'une voix inquiète.

La doctoresse a froncé les sourcils.

– Est-ce que tu es de sa famille ?

Je m'en serais mordu la langue ! J'aurais dû demander : « Et comment va mon pauvre vieux papy ? » Ç'aurait été du gâteau.

– C'est mon mari – ex-mari, a dit Mme Dahling.

J'espère que sa chère et tendre Hannah, à gauche derrière la butte, lui a déjà pardonné.

– OK, a dit la doctoresse. Votre époux est hors de danger, mais vous ne pourrez pas lui parler avant demain, je suis désolée. Ses bronches se sont contractées, d'où la crise d'étouffement et l'éruption cutanée, enfin, vous connaissez sûrement les symptômes. La seule chose que je ne comprends pas… (Elle a baissé la voix.) On a trouvé des cacahouètes dans son estomac. Et dans son porte-monnaie une carte d'allergique, donc il sait bien à quel point c'est dangereux pour lui. Combien a-t-il avalé de cacahouètes, et pourquoi ?

– Aucune idée, a marmonné Mme Dahling.

Au lieu de regarder la doctoresse dans les yeux, elle contemplait son parapluie d'un air très intéressé, comme si un nouveau motif venait d'apparaître dessus.

– Je n'étais pas avec lui, a-t-elle ajouté.

– Mais moi j'étais ! s'est exclamée Irina. Ça pouvait pas être plus que un poignée cacahouètes, mais minimum la moitié est tombée dans la terre. Le reste il a mangé, sous les yeux à moi, parce que lui très excité – on dit comme ça, non ?

La doctoresse regardait alternativement Irina et Mme Dahling, puis elle les a toisées de haut en bas avec l'air de se demander laquelle avait la plus jolie robe – c'était largement Irina, je trouvais, même si elle était toute chiffonnée, trempée et tellement moulante qu'Irina avait presque l'air toute nue dedans. Puis la doctoresse a juste retroussé les lèvres imperceptiblement en hochant la tête et s'est éclipsée.

On attendait. C'était long, long, dix minutes, vingt minutes. Mme Dahling se tordait les mains en silence. Irina a disparu aux toilettes avec son sac à main pour arranger ses cheveux et se remaquiller. Oscar avait enlevé ses lunettes de soleil, les avait posées sur ses genoux et avait fermé les yeux. Si je ne m'étais pas fait tant de souci pour maman et M. van Scherten, j'aurais sans doute piqué du nez moi aussi. J'avais l'impression qu'il s'était passé une éternité depuis ce matin – plutôt la veille, en fait – quand on avait espionné l'affreuse Ellie.

Puis on a entendu à proximité les murmures d'une conversation. L'une des voix me semblait familière. Je me suis levé, suis allé jusqu'au coin et j'ai tendu l'oreille dans un autre couloir très long et plein de portes. Je n'en croyais pas mes yeux en voyant le méprisable E bavarder avec un jeune médecin. Le médecin lui a mis une pile de papiers et de feuilles dans la main. Ils étaient froissés, ça se voyait même de loin. E a hoché la tête en les feuilletant lentement tandis que le jeune médecin disparaissait dans une salle. Pendant deux ou trois minutes, E était tellement absorbé par les papiers qu'il ne m'a même pas remarqué. Puis il a pris son portable dans la poche de sa veste et s'est éloigné dans le couloir en me tournant le dos, cet idiot !

Je me suis retiré pour rejoindre Oscar et le secouer par les épaules. Il a tressailli mais s'est complètement réveillé quand je lui ai raconté ma découverte. Mme Dahling s'est penchée en avant pour écouter aussi.

– Il se pourrait bien que M. van Scherten ait quand même trouvé quelque chose, a dit Oscar. Justement dans cette réserve, avant qu'Irina le surprenne. Je me demande juste ce qu'il a fait des documents.

– Caleçon ? a suggéré Mme Dahling.

On a trouvé que le caleçon était une solution parfaite.

– Après y avoir fourré les documents, quand Irina l'a trouvé et a appelé Boris, il a dû paniquer, a dit Oscar. Même si Irina pouvait penser qu'il s'était perdu en allant aux toilettes, M. van Scherten avait sûrement peur que Boris soit plus malin et le perce à jour.

– Et alors il a englouti quelques cacahouètes, ai-je continué. Toutes sortes de gens sont arrivés en courant, alertés par les cris d'Irina. S'il s'écroulait et s'étouffait, tout deviendrait encore plus chaotique et il faudrait appeler une ambulance…

– … et personne n'aurait l'idée de le fouiller, a conclu Oscar. Très dangereux, mais aussi très raffiné.

– Héroïque, a résumé Mme Dahling. Ça, c'est un homme !

Je ne tenais plus en place. Il fallait que je sache si M. van Scherten avait réellement volé des preuves à charge contre Boris. Je suis donc reparti en courant jusqu'à l'angle. Le long couloir se terminait devant une grande porte battante en verre, derrière laquelle se tenait E. Il parlait toujours ou à nouveau dans son portable en agitant la main qui tenait les papiers.

J'ai foncé dans le couloir comme un rouleau compresseur et chaque pas m'instillait un peu plus de colère. Je voyais M. van Scherten livide avec ses boutons rouges et sans une seule goutte d'air dans les poumons, je voyais maman allongée dans la saleté et sous la pluie, désespérée, et j'entendais ses horribles paroles : que je ne savais pas ce que j'avais fait. Bon, j'avais peut-être fait une bêtise, même si je ne savais pas encore laquelle. Mais si cette Madame Champagne n'avait pas existé…

Je me suis précipité sur la porte battante. Elle menait à une cage d'escalier étroite et nue. Au moment où je me suis planté devant E pour déverser tous mes flots de colère sur lui, on aurait dit que les boules de loto étaient tombées de la machine et qu'elles lui roulaient dessus. Il était tellement stupéfait qu'il a refermé son portable au milieu de la conversation.

– Presque tout est de votre faute ! Et de la faute de

votre Madame Champagne ! lui ai-je crié comme une furie. On aurait bien eu besoin d'un policier, Oscar et moi, mais on a dû tout faire tout seuls ! (Mes paroles résonnaient dans toute la cage d'escalier.) C'est nous qui avons découvert qu'on faisait chanter maman, c'est nous qui avons imaginé un plan pour suivre Ellie, c'est nous qui avons trouvé la preuve de l'activité illégale de Boris, et c'est nous qui sommes allés sauver M. van Scherten du club, pendant que vous, bien sûr, vous tripotiez Madame Champagne, même pendant la nuit, et maintenant…

– Rico, Rico !

E s'est agenouillé devant moi, m'a pris par les épaules et m'a secoué doucement .

– Rico, calme-toi, arrête de pleurer et écoute-moi. C'était mon anniversaire et, en effet, Madame Champagne est restée pour la nuit mais, sacré nom de Dieu, elle a dormi dans le canapé. C'est ma sœur !

J'ai immédiatement arrêté de pleurer.

– C'est vrai ?

– Oui, c'est vrai.

Je le regardais droit dans les yeux en reniflant bruyamment. Ermann – je pouvais à nouveau l'appeler Ermann puisqu'il n'était pas un briseur de ménages, et je dois dire que ça m'a pas mal aidé à me calmer – Ermann s'est relevé, a ouvert la porte vitrée et m'a fait avancer devant lui.

– Tu veux un mouchoir ?

– Non merci. Mais joyeux anniversaire en retard !

Il marchait à si grandes enjambées dans le couloir que j'avais du mal à le suivre.

– Qu'est-ce que vous faites ici, au fait ? Comment vous avez su… ?

– Service de nuit, a-t-il dit en tapotant les papiers dans la poche de sa veste. L'hôpital nous a appelés après avoir trouvé ces documents sur un Monsieur…

– Van Scherten.

– Il les avait cachés dans son caleçon.

Tiens, tiens.

– Il ressort clairement de ces papiers que… enfin disons que ces papiers prouvent un certain nombre de choses, a poursuivi Ermann. Recel, chantage, argent sale. Plein de choses pour lesquelles ton Boris…

– Ce n'est pas mon Boris !

– … pour lesquelles on est en train d'arrêter ce Boris. Le nom de ta mère figure aussi sur les papiers, avec beaucoup d'autres. Elle a été amenée ici en même temps que ce monsieur…

– Van Scherten.

– Est-ce qu'elle va bien ?

– Elle est encore en observation. Sa cheville est foulée ou cassée. Est-ce qu'on va aussi l'arrêter ?

– Si elle a réellement subi un chantage, non.

J'ai cru entendre ses dents grincer.

– Mais elle me doit un certain nombre d'explications, bon Dieu de merde ! Cette Ellie dont tu parles…

– C'est la mère de Boris. Elle torture son chien.

Je continuais à trébucher à ses côtés en me disant qu'il aurait vraiment pu adapter ses pas à ceux d'un enfant.

– Il s'appelle Porsche, mais il est innocent.

– Et tu dis qu'Oscar, toi et ce M. van…

– Scherten.

– … vous avez trouvé son entrepôt ?

– Oui, dans le Brandebourg. C'est un des nouveaux Länder.

– Oui, oui, j'en ai entendu parler.

Il avait l'air un peu énervé en disant ça, mais il aurait quand même pu ne pas le savoir. Les nouveaux Länder avaient soudain surgi à côté des anciens après la réunification des deux Allemagnes, et Ermann avait sans doute déjà fini l'école quand on les a rajoutés dans les atlas.

On était presque arrivés au bout du couloir quand maman est apparue à l'angle. Elle clopinait sur deux béquilles bleues et portait un peignoir de bain blanc. Si c'était Oscar qui lui avait indiqué dans quelle direction j'étais parti, il n'avait pas mentionné Ermann parce qu'elle s'est figée sur place en le voyant. Son visage était encore tout barbouillé de rimmel et de fard à paupières, elle ne s'était sûrement pas regardée dans un miroir. Elle avait un bandage autour de sa cheville nue et sa peau était un peu rouge au-dessus.

– Rico.

J'ai couru les derniers mètres jusqu'à elle. Elle nous

a adressé à tous les deux un sourire hésitant. Puis elle m'a pris dans ses bras et serré très fort contre elle. Je la sentais trembler.

– Est-ce que ta cheville est cassée ? ai-je demandé.

– C'est juste une mauvaise foulure, ne t'inquiète pas, a-t-elle dit en me caressant les cheveux. Il faut qu'on parle, mon trésor. Mais pas ici. Allons à la maison, d'accord ?

Je l'ai lâchée et j'ai hoché la tête. Maman a levé les yeux sur Ermann.

– Nous aussi, il faut qu'on parle.

Ermann n'a rien répondu. Je les avais si souvent imaginés, tous les deux, tombant dans les bras l'un de l'autre, heureux, et s'embrassant. Ensuite, on serait partis tous les trois pour aller dans un bon restaurant, et après on aurait acheté un Jack-Russell. Mais là, ils restaient face à face sans rien dire dans la lumière froide de l'hôpital, maman était à bout de nerfs, son maquillage avait coulé, Ermann avait l'air qu'ont les gens quand ils ne savent pas répondre à la dernière question du jeu du Millionnaire, et moi je n'avais pas de chien.

Vendredi

L'ouverture des petites boîtes

On a quitté l'hôpital par petits groupes de deux. Ermann s'est placé en tête avec Oscar, mais malgré la voix claironnante et perçante de mon ami je ne comprenais pas un mot de leur conversation. C'était à cause de Mme Dahling, qui expliquait ce qui s'était passé à une Irina fraîchement remaquillée. Celle-ci avait certes dit dans la voiture qu'elle ne voulait rien savoir, mais elle avait évidemment changé d'avis. Maman est sa meilleure amie, et on ne ferme pas les yeux quand nos meilleurs amis ont des ennuis.

Maman et moi formions la faible lanterne rouge, elle avec ses béquilles et son peignoir blanc de l'hôpital, et moi à ses côtés, lui servant d'appui supplémentaire. Ermann aurait voulu s'occuper d'elle, mais je ne lui avais laissé que le sac en plastique contenant sa robe salie. Maman devait se concentrer pour marcher, donc je la bouclais. J'avais de toute façon déjà une grosse boule dans la gorge et, depuis que maman avait annoncé vouloir me parler à la maison, j'avais à nouveau ce drôle de sentiment dans le ventre.

On s'est arrêtés sous l'entrée couverte de l'hôpital Urban. Il pleuvait toujours. Un vent doux faisait monter jusqu'à nous l'odeur de fleuve du canal, de l'autre côté duquel les contours sombres et flous des saules se dessinaient dans le ciel nocturne. Et derrière les saules, encore plus haut, se dressaient les ombres carrées des immeubles. De la lumière parvenait encore de cinq ou six fenêtres isolées. C'était des gens qui étaient réveillés parce qu'ils n'arrivaient pas à dormir ou qui devaient partir travailler très tôt. Ou chez qui il se passait des choses bizarres entre la nuit et le matin.

Ermann jacassait à nouveau dans son portable, mais comme il se tenait un peu à l'écart je ne pouvais pas écouter. Il a remarqué que je l'observais et m'a fait un petit signe de la main en souriant. Oscar était à deux mètres de lui, une petite tache dans la pénombre. Je suis allé vers lui.

– Tu as parlé de quoi avec lui ? ai-je demandé à voix basse.

– Je lui ai donné notre liste et la description du chemin jusqu'à la grange du Brandebourg. Il est en train d'envoyer des collègues là-bas.

– Ce n'est pas lui qui y va ?

– Non, il a encore quelque chose à faire, mais ça ne lui prendra pas longtemps. Ensuite il revient.

Oscar a redressé ses lunettes de soleil sur son nez avec son petit doigt.

– Il m'emmène. Il a dit que ta mère devait te parler entre quatre yeux.

– Tu n'es pas fatigué ?

– Si… Mais je pourrais vérifier si mon père est rentré à la maison.

– Il ne nous aurait pas appelés depuis longtemps ?

Il y a eu un petit frémissement autour de ses lèvres, comme s'il s'efforçait de sourire ou comme s'il allait pleurer. J'avais donc ma réponse. J'étais content d'aimer à nouveau Ermann à ce moment-là, parce que je pouvais garder tout mon mépris pour le père d'Oscar. Non mais c'est vrai, je commençais à en avoir marre de ce preneur de distances débile.

– Tiens, ai-je dit en extrayant ma clef de ma poche. Si jamais il est rentré mais que tu préfères quand même venir chez nous…

Oscar a reniflé tout doucement en prenant la clef.

– De toute façon, je reviendrai au plus tard demain pour récupérer mes affaires. Et ensuite c'est moi qui t'inviterai à manger une glace.

Moi aussi j'étais d'humeur à renifler, mais je me suis ressaisi. Ce n'était pas une séparation définitive. Quand Irina a clamé derrière nous qu'elle allait prendre Mme Dahling chez elle, on s'est tous les deux retournés d'un air soulagé.

– Je ne suis plus si saoule que ça, mes garçons, nous a lentement expliqué Mme Dahling. Je suis juste morte de fatigue, mais il vaut mieux que je ne sois pas toute seule.

– C'était très chouette de votre part de nous avoir aidés, lui a dit Oscar. Merci beaucoup.

J'ai approuvé d'un signe de tête.

– Miss Marple serait fière de vous !

– Je ne vous le fais pas dire, hein ! a fanfaronné Mme Dahling. Cette grosse mémère !

Maman s'est approchée des deux femmes en clopinant, mais Irina a levé une main autoritaire.

– Tanja, je sais, tu veux expliquer toi, mais tais-toi ! Tu as déçu moi, mais j'ai grand cœur russe, je peux pardonner. Si tu avais secrets, tu avais aussi bonne raison, d'accord ?

Maman avait les larmes aux yeux. Elle ne pouvait que hocher la tête.

– Tiens, tu vois. Je savais. Tu pourras m'expliquer tout demain, quand on aura acheté nouveau robe, mais la meilleure qualité.

Irina a effleuré le tissu bleu froissé de sa robe d'un geste méprisant.

– Lui c'est torchon.

On lui a dit au revoir ainsi qu'à Mme Dahling et on les a regardées partir bras dessus bras dessous en direction du parking où attendait le petit bolide d'Irina, deux nouvelles amies sous un seul parapluie. Puis Ermann est arrivé au trot.

– Je vais vite chercher ma voiture, a-t-il annoncé. On n'est pas très loin de chez nous, mais Tanja peut difficilement faire le chemin avec ses béquilles.

Tanja ?

– Merci, Simon, a dit maman.

Simon ?

Mes yeux ahuris allaient de l'un à l'autre. Depuis quand s'appelaient-ils par leur prénom ?

Ermann a haussé les épaules.

– Hé, je suis passé voir ta mère quand tu étais à l'hôpital, avant mes vacances, a-t-il dit avec un petit sourire. Elle a accepté les roses et le tutoiement. Puis elle m'a jeté, c'était incompréhensible.

– Je n'ai pas été très sympa, a dit maman d'un air gêné.

– Pas sympa du tout, même, a confirmé Ermann.

Je savais maintenant d'où venait le bouquet de fleurs séchées sur la table de nuit de maman. Je savais aussi pourquoi Ermann ne nous avait pas envoyé de carte postale de vacances. Et lui savait depuis cette nuit pourquoi maman avait accepté les belles roses blanches, mais pas son beau sourire d'acteur.

Maman et moi avons péniblement monté l'escalier en nous efforçant de faire le moins de bruit possible. Il n'aurait plus manqué que Mommsen, Fitzke ou – Dieu nous garde – quelques petits Kessler rappliquent. Je frissonnais quand on est entrés dans l'appartement.

On entendait le léger crépitement de la pluie sur les fenêtres, mais j'avais quand même l'impression que le silence n'avait jamais été aussi fort.

– Je crois qu'il faut que je prenne un petit bain, a dit maman. Je me sens horriblement sale.

– Tu vas y arriver toute seule ?

– Oui, je crois.

Je lui ai fait couler un bain pendant qu'elle se déshabillait et, sans lui demander, j'y ai mis une bonne dose d'arôme méditerranéen. C'était bien de pouvoir s'occuper. Une vapeur brûlante montait et remplissait l'air. J'ai mis une main dans l'eau mousseuse pour vérifier la température et j'ai pensé tout à coup aux pierres d'eau de Fitzke. Je les ai aussitôt fait sortir de ma tête.

Finalement, j'ai quand même dû aider maman à entrer dans la baignoire, et c'était très amusant parce que son pied foulé ne devait pas toucher l'eau chaude. Quand elle a enfin été confortablement allongée dans l'eau avec de la mousse parfumée jusqu'au cou, son pied bandé était posé sur le bord de la baignoire, enveloppé dans un sac en plastique. Maman a soupiré de bien-être.

– Ça fait tellement de bien.

– Est-ce que je nous prépare une infusion ?

– Oui, ce serait gentil.

Je suis allé dans la cuisine pour mettre de l'eau à chauffer. La vaisselle des raviolis traînait encore dans l'évier. On ne l'avait pas lavée, contrairement au règlement. On n'y avait même pas pensé et je n'aurais pas pu dire pourquoi. On était sans doute trop tendus, et maintenant j'étais toujours aussi tendu, ou à nouveau tendu. Ce sentiment désagréable se débattait dans mon ventre comme un rapace enfermé qui cherche à sortir de sa cage. Je n'aurais jamais réussi à mettre un monstre pareil dans ma boîte-tortue.

J'allais apporter l'infusion, les tasses et le sucrier dans le salon, mais maman a entendu les bruits de vaisselle et m'a crié :

– Plutôt dans ma chambre, mon trésor.

J'ai donc apporté le plateau dans sa chambre et l'ai déposé sur la table de nuit, à côté des roses blanches séchées. Un mot m'a traversé l'esprit, « malfaiteuse », mais j'ai chassé cette pensée aussi vite que celle des pierres de Fitzke tout à l'heure.

Quelques minutes plus tard, maman était installée sur son lit, dans son peignoir japonais. Elle a redonné forme à ses deux oreillers et en a glissé un dans son dos. Puis elle a tapoté d'une main sur la place libre et j'ai rampé jusqu'à elle. Pendant le week-end, il m'arrive de m'asseoir à côté d'elle quand elle se réveille, et on se raconte toutes sortes de choses. C'est super, ça fait partie de mes moments préférés. Je n'aurais jamais cru qu'un jour je serais assis là sans qu'aucun de nous sache quoi dire.

Maman m'a caressé le bras plusieurs fois en montant et en descendant.

– Je ne sais pas par où commencer, a-t-elle avoué

au bout d'un moment. Je suis vraiment désolée de ce qui s'est passé avec M. van Scherten.

J'ai hoché la tête. C'était horrible qu'il ait failli s'étouffer. Dans la baignoire, j'arrive facilement à garder la tête sous l'eau plus de deux minutes. Il avait dû rester sans oxygène beaucoup plus longtemps que deux minutes, et en plus il n'avait pas d'air.

– Crois-moi, j'aurais bien empêché ça, a continué maman. Mais pendant qu'il fouillait dans la réserve, j'étais tout occupée à distraire Boris. Je ne me suis même pas rendu compte qu'Irina était allée derrière.

Allons bon. Maman commençait tout juste son explication et je ne comprenais déjà plus rien.

– Tu as distrait Boris ? Tu as aidé van Scherten ?

Ses doigts glissaient nerveusement sur la couette. Une petite étoile dorée brillait sur chacun de ses ongles.

– Je ne sais pas du tout à quelle heure il est arrivé au club, mais il devait être assis depuis un moment dans le coin le plus reculé et mal éclairé quand je l'ai remarqué. J'ai cru que je ne voyais pas bien ! Il n'était jamais venu chez nous, tu comprends, et à vrai dire j'ai cru qu'il venait pour me reluquer. Il est gentil, je l'aime vraiment bien. Sauf quand il ouvre sa chemise, comme l'autre soir au loto, et qu'il commence à flirter… Enfin tu sais.

Malgré ma confusion, je n'ai pas pu m'empêcher de sourire.

– Je suis donc allée vers lui. Il était nerveux, mais je ne trouvais pas ça bizarre. Je veux dire, mon Dieu, il y a des hommes qui viennent régulièrement au club et qui sont quand même nerveux à chaque fois ! On a un peu bavardé, puis j'ai dû retourner au bar. Avant que je parte, il m'a demandé où étaient les toilettes. Plus tard, je l'ai vu quitter la table… puis il n'est pas revenu. Avec n'importe quel autre client, je n'y aurais pas fait plus attention que ça, mais là, j'ai fini par me demander où il était. Il nous est arrivé que des hommes plus jeunes et en bonne santé tombent dans les pommes parce qu'ils avaient des problèmes de circulation, tu comprends ? Donc je l'ai suivi.

– Et ensuite ?

– Je l'ai surpris alors qu'il sortait en douce du bureau. Il était évident qu'il avait fourré son nez là-bas, donc je lui ai demandé des explications et il a tout de suite commencé à se défendre, un flot de paroles est sorti de sa bouche. Il a dit que toi et Oscar vous aviez remarqué, au loto…

– Seulement Oscar.

– … que je falsifiais mes cartons pour me débarrasser le plus vite possible de cette… cette foutue remise du sac à main. J'étais tellement choquée, je ne savais plus où j'avais la tête. Je veux dire, j'avais bien senti depuis quelques jours qu'il y avait un problème. Ta manière de me regarder, tes yeux. Et hier j'ai trouvé l'ours en peluche devant mon armoire. J'ai pensé qu'Oscar avait regardé dans mes affaires.

Je commençais à me faire du souci pour lui, c'est un drôle de petit zèbre quand même.

J'en ai eu des frissons, même rétrospectivement. On avait oublié le nounours quand on s'était précipités sur l'ordinateur pour espionner le compte eBay. Maman a légèrement souri, puis elle est redevenue sérieuse.

– Hier, dans la cuisine, j'ai voulu l'interroger, mais il y avait Irina. Elle n'était au courant de rien et je me suis dit que si l'un de vous faisait une gaffe…

Elle a haussé les épaules.

– Finalement, j'ai juste mis la peluche sur l'oreiller d'Oscar.

J'ai réfléchi. L'ours en peluche avait interrompu l'histoire et j'essayais de retrouver l'endroit où maman s'était arrêtée. Ça m'est revenu.

– Pourquoi tu n'as pas dénoncé M. van Scherten à Boris ?

– Difficile à dire, a dit maman. Ou non, pas si difficile. En fait, tout ça était comme un signe du destin qui allait simplement suivre son cours si je le laissais faire. Ça faisait longtemps que j'étais mal à l'aise avec

cette histoire de sacs à main, mais j'étais partagée. D'abord, il y avait toi. J'avais peur que tout ça finisse par éclater au grand jour. Qu'est-ce que tu penserais de moi ? D'un autre côté, qu'est-ce que tu penserais de moi si tu savais que je m'étais embarquée là-dedans ?

J'ai voulu intervenir à ce moment-là, c'était en quelque sorte le point essentiel. Mais maman a vite continué :

– Et à ce moment-là est apparu Simon. Je le trouve attirant, tu le sais, je l'aime beaucoup. Mais lui, comment il pouvait aimer une femme qui fait des affaires… disons douteuses ?

Elle a secoué la tête.

– Non, quelque chose en moi voulait que ça finisse. J'ai donc laissé faire M. van Scherten. Je suis retournée au bar, Boris se serait rendu compte de mon absence prolongée, et en plus je voulais l'avoir à l'œil, au cas où. Tu sais, le plus fou c'est que même moi, sa gérante, je ne savais pas s'il détenait des documents compromettants, ni où il les cachait. M. van Scherten a dû finir par les trouver dans la réserve, je ne sais pas où, sous des lattes branlantes, dans le mur, aucune idée. En tout cas, il les a pris et les a cachés dans son pantalon.

– Dans son caleçon, ai-je corrigé. Et ensuite, c'est Irina qui l'a surpris. Elle nous a raconté.

– Irina, cet amour, a dit maman tout doucement. Elle s'est mise à hurler si fort que la moitié du club s'est précipitée derrière. Ce qui a été une chance pour

M. van Scherten car, même si Boris avait voulu, il n'aurait pas pu le fouiller devant autant de témoins. Mais je crois qu'il n'en avait même pas l'intention. Boris a supposé comme Irina qu'un client s'était perdu. Mais à ce moment-là M. van Scherten avait déjà avalé les cacahouètes.

– Et toi ?

– J'ai tout de suite appelé les urgences. C'était à peu près le moment où Ritchie est entré, attiré par le raffut.

– Ritchie, c'est le portier ?

– Hm.

Maman avait pris sa tasse. Elle y a juste trempé les lèvres et l'a reposée.

– Il a vu M. van Scherten évanoui et il a dit que ce devait être le type recherché par une femme ivre et deux étranges petits garçons, dont l'un portait d'immenses lunettes de soleil…

– Il croyait qu'on sortait d'un foyer pour enfants.

– Et moi, j'ai cru que mon cœur allait lâcher ! a dit maman. Je me suis précipitée dehors, jusqu'à la porte. J'ai entendu que Boris envoyait Ritchie me chercher, il ne voulait pas que le bar reste sans surveillance dans tout ce tohu-bohu. Je venais de vous apercevoir devant le stand de döner kebab quand Ritchie a essayé de me faire rentrer de force dans le club…

– … et que moi j'ai piqué un sprint, ai-je dit.

– Oui, tu as piqué un sprint.

TOHU-BOHU : *une expression hébraïque de la Bible. Au tout début, la terre était en pagaille, c'est-à-dire complètement sens dessus dessous. Le bon Dieu a donc décidé d'y mettre un peu d'ordre dès le premier jour. C'est un peu comme le capharnaüm, mais avec le bruit en plus.*

Maman regardait fixement son armoire, avec son regard-assez-lointain que je connaissais déjà. J'ai attendu, mais il ne se passait plus rien. Comme je n'y tenais plus, j'ai fini par lui demander avec impatience :

– Mais pourquoi tout ça ? Boris te faisait chanter avec quoi ? Il te tenait avec quoi ?

Son regard est revenu.

– Il nous tenait, Rico. Tous les deux.

Elle a pris mes doigts et les a serrés si fort que j'ai eu peur qu'elle m'en casse un sans le faire exprès.

– Boris sait où vit ton père. Et il lui dira où il peut nous trouver.

Le temps passait.

Toutes les pendules du monde s'étaient arrêtées.

Les yeux de maman étaient aussi profonds que la mer bleue.

– Mais papa est mort, ai-je fini par dire. Il est mort à la pêche, dans la baie de…

Je ne pouvais plus parler. Maman m'a tirée vers elle.

– Je me suis enfuie, Rico. Ce n'était pas un homme bien. Je n'aurais jamais dû l'épouser.

J'ai avalé ma salive et j'ai essayé de rassembler ma voix. Et les boules de loto. Et la boîte-tortue qui était tombée de l'étagère, si doucement que je ne l'ai pas remarqué tout de suite. Je m'entendais respirer et j'entendais maman respirer.

– Est-ce qu'il t'a battue ? ai-je demandé au bout d'un moment.

– Oui, a dit sa voix.

– Plus d'une fois ?

– Oui.

– Parce que tu étais méchante avec lui ou que tu avais dit des choses désagréables ?

– Non.

Elle m'a tiré encore plus près et je me suis blotti contre elle.

– Il y a des gens, Rico, qui sont tellement malheureux qu'ils ne peuvent pas faire autrement que de transmettre leur malheur aux autres. Je ne sais pas pourquoi ton père est devenu ce qu'il est devenu. Mais il était colérique et brutal. Dès que j'ai su que j'étais enceinte de toi, j'ai su aussi que tu ne devais jamais vivre ça. J'ai donc fait ma valise en cachette et je me suis enfuie.

– Il habite en Allemagne ?

– Non, il est retourné en Italie.

– Il n'aurait pas pu nous retrouver, avec l'annuaire, par exemple ?

– On n'est pas dans l'annuaire, Rico. Pour cette raison justement.

– Tu n'aurais pas pu changer notre nom ?

– Seulement en divorçant.

Ping, ping, faisait la pluie en tambourinant contre la fenêtre.

– Et comment Boris sait tout ça ?

– C'était un ami de ton père, mais il m'aimait bien aussi. Et je ne savais pas à qui m'adresser. C'est Boris qui m'a aidée quand je suis arrivée enceinte à Berlin. Il m'a d'abord prêté un peu d'argent et trouvé un petit appartement et, après ta naissance, il m'a procuré du travail dans son nouveau club. Au début, je ne voulais faire ça que provisoirement, tu sais. Mais j'avais du succès, les hommes m'aimaient bien et je n'étais pas obligée de…

– … d'être une femme perdue ?

– Oui. Boris y veillait. Il m'a nommée gérante, et je me suis rendu compte que j'aimais bien avoir des responsabilités. Donc je suis restée. Un jour, Boris m'a raconté que ton père avait quitté l'Allemagne. Et peu après, il y a quelques années, il m'a dit que je pouvais lui rendre un service. Tout a commencé comme ça, et je te le dis très franchement, Rico : au début, je ne me posais pas trop de questions en vendant les sacs. Mais au bout d'un moment… Je me suis demandé ce que tu deviendrais si Boris se faisait pincer. Si je me faisais pincer. Je lui ai donc annoncé que j'allais arrêter. Et là il a commencé à me faire chanter. Si je continuais à faire ce qu'il demandait, il ne donnerait pas notre adresse à ton père.

– Mais si c'est un ami de papa, pourquoi est-ce que papa ne lui a jamais rendu visite ?

– Je ne sais pas. Boris m'avait promis de me prévenir au cas où il annoncerait sa venue à Berlin, mais ça ne s'est jamais produit. Qui sait la vie que ton père mène en Italie.

– Peut-être qu'il ne pense pas du tout à nous.

– Oui, peut-être, a-t-elle dit en reposant sa tasse sur la table de nuit. Mais c'était aussi la raison pour laquelle je voulais empêcher que tu paraisses dans un talk-show et c'est pour ça que j'ai repoussé les journalistes. Je ne voulais pas que ton père tombe sur ton nom par un stupide hasard.

Ses doigts étoilés se sont à nouveau agités.

– Tout ça pour rien. Je vais devoir témoigner contre Boris, et là il va lui donner notre adresse, s'il ne l'a pas déjà fait. C'est un mauvais joueur.

– Mais c'est de ma faute.

– Non. Oublie ce que je t'ai dit quand j'étais allongée dans la boue devant le club, s'il te plaît. Tu es mon fils, tu t'es fait du souci pour moi et tu t'es battu pour moi. Je suis fière de toi, Rico.

– Est-ce que papa va venir chez nous, maintenant ?

Elle m'a caressé la tempe sans répondre. « Tout va bien, Rico, l'entendais-je dire dans mon souvenir. Et tout ira bien, tu verras. » En réalité, rien n'était jamais allé, ç'avait toujours été le chaos. Et c'est peut-être pour ça que le sentiment de malaise, dans mon ventre, avait disparu, et que je ne trouvais rien de ce que maman m'avait avoué grave ou renversant, même pas le fait que j'avais un papa vivant. J'étais tout simplement habitué au chaos. Surtout dans ma tête. Tout à coup, toute la vie ressemblait à un énorme boulier de loto qui fait tourbillonner les gens. De temps en temps, le destin met sa main dans le boulier, en sort quelques boules et dit : « Je vais te faire telle chose et à toi telle autre chose, et on verra bien comment vous vous débrouillerez. Amusez-vous bien ! Toi, je te laisse sur l'Everest avec des chaussures sans lacets, toi, je te fais tirer dans la mer par un poisson alors que tu es en train de pêcher et…

… et il ne restait plus qu'une question.

– Maman ?

– Hm ?

– Pourquoi tu m'as raconté que papa s'était noyé ?

– Mon trésor, je ne t'ai rien raconté. C'est toi qui l'as imaginé, tu ne t'en souviens pas ? Tu avais tellement envie d'un père que tu as inventé des histoires sur le tien, y compris sa noyade héroïque. Je n'ai pas eu le cœur de te détromper. Ça a été ma grande erreur, je le crains, de te cacher la vérité dès le début.

Je réfléchissais.

– Ça veut dire quoi « y compris ? » ai-je demandé.

Pas de réponse. Juste le silence et le crépitement de la pluie dehors.

– J'ai peur que tu me haïsses maintenant, Rico, a dit maman au bout d'un moment.

– Mais non.

– Pas encore. Mais quand tu auras eu le temps de réfléchir…

On a tous les deux relevé la tête en entendant le déclic que fait la porte d'entrée en s'ouvrant. Je me suis détaché de maman. Oscar a passé la tête par la porte de la chambre.

– Tout va bien ?

Impossible de lui raconter maintenant ce que je venais d'apprendre. Je le garderais pour demain, quand on aurait assez dormi tous les deux.

– Et toi ? ai-je dit pour éluder sa question.

– Mon père n'était pas à la maison. J'ai choisi quelques livres et je les ai apportés. Ça ne vous dérange pas, madame Doretti ?

– Viens là, Oscar, a dit maman en tapotant le lit pour l'inviter à nous rejoindre.

Oscar s'est assis sur le bord opposé du lit, assez loin de maman pour qu'elle ne puisse pas le toucher.

– Ton père va se manifester bientôt, j'en suis sûre.

Oscar a à peine souri, comme si lui en était nettement moins sûr.

– En attendant, a continué maman, tu peux rester ici aussi longtemps que tu veux. D'accord ?

– D'accord, a dit Oscar en fronçant le nez. Merci beaucoup.

– Est-ce qu'il y aurait encore de la place pour quelqu'un ? a claironné la voix d'Ermann dans le couloir.

– Entre ! a crié maman.

Quelque chose trottinait sur le parquet du couloir.

– Allez, viens, a dit Ermann. Allez, hop hop, par là.

On a à nouveau entendu le trottinement. Et ce quelque chose a tourné au coin. Depuis le lit, je n'ai vu au début que la boucle de sa petite queue couleur café. J'ai senti une vague de chaleur m'inonder, de haut en bas, ou éventuellement dans l'autre sens, j'étais tellement surpris que je ne pouvais pas suivre la direction. J'ai poussé un cri de joie en me catapultant hors du lit, je me suis penché vers Porsche et l'ai pris dans mes bras.

– Ne le serre pas trop fort, a crié maman.

Je ne serrais pas trop fort. J'ai blotti ma tête dans sa chaleur moelleuse et j'ai failli pleurer de bonheur. Porsche me léchait le visage. Je le sentais trembler d'excitation. J'ai regardé Oscar d'un air joyeux.

– C'est toi qui as eu l'idée !

Oscar souriait.

– Eh oui, a dit Ermann qui était apparu à la porte, sa charmante maîtresse ne pourra pas s'occuper de lui avant quelque temps. Mes collègues s'en sont chargés il y a une demi-heure. Et Oscar a dit qu'au lieu de mettre cette petite bête à la fourrière…

– Merci ! ai-je murmuré. Merci !

Entre les oreilles de gâteau russe de Porsche, je voyais maman sourire à Ermann. Ses yeux sont tombés sur le bouquet de roses séchées et il lui a tout à coup rendu son sourire, le sourire d'acteur le plus cool qu'on puisse imaginer. Il y avait sûrement des femmes qui s'étaient déjà évanouies à cause de ce sourire. Puis son sourire a diminué et Ermann a regardé autour de lui d'un air gêné, comme s'il ne savait pas où se mettre.

– Bon, eh ben alors… a-t-il bredouillé en passant une main dans ses magnifiques cheveux noirs. Je ferais mieux d'y aller maintenant, il est tard, pour ne pas dire tôt. Je repasserai vous voir demain. Peut-être. Si on me permet.

Maman a dit le mot magique :

– Quand tu veux.

– OK, a dit Ermann. Et avant que j'oublie…

Il a fait un pas vers le lit de maman, puis un autre. Il s'est penché sur elle. Il a mis une main sous son menton, l'a doucement soulevé, et j'ai senti mon cœur déborder de chaleur. Toutes ses fêlures et fissures se sont réparées. Ermann a embrassé maman et maman l'a embrassé.

Ils n'arrêtaient plus.

Exactement comme il fallait que ça se passe.

Porsche était roulé en boule à côté de moi sur la couette, il roupillait. Ce n'était pas moi qui l'avais invité à monter sur mon lit, donc je m'en sortais bien parce que maman ne l'aurait sûrement pas permis si je lui avais demandé. Porsche n'avait qu'à se disputer avec elle. J'étais déjà content qu'elle m'autorise à le garder.

Oscar était en train de se glisser dans son sac de couchage sur la prairie fleurie. Il avait encore mis des heures à se laver les dents. Pendant ce temps-là, Porsche m'avait léché la moitié du visage.

– C'est super, hein ? lui ai-je dit.

– Quoi ? Ermann ou le chien ?

– Tout.

Je ne savais pas encore ce qui me faisait le plus plaisir. Les chiens restent chez les gens pour toujours, mais ils ne durent pas aussi longtemps que les adultes.

– Ermann, Porsche, et que tu restes chez nous.

– Ermann est chouette. Mais les chiens ne devraient pas dormir dans le lit de leur maître, a dit Oscar dans un bâillement. Et moi je m'inquiète pour mon alimentation. Je me suis laissé aller ces derniers jours, surtout avec les sucreries. Il faut que j'arrête. Bonne nuit.

– Peut-être que tu pourrais – tu dors déjà ?

– Non, mais je suis mort de fatigue.

Il s'est enfoncé dans son sac de couchage et m'a tourné le dos.

– Le manque de sommeil est mauvais pour la santé. Ça entrave la croissance des cellules.

– Oscar ?

– Quoi ? a-t-il demandé d'une voix énervée.

– Tu veux pas dormir avec nous ?

– Les chiens transmettent des parasites.

Petite pause. Son sac de couchage a froufrouté quand il s'est tourné dedans.

– Mais je viens quand même.

Je me suis poussé contre le mur et j'ai tiré Porsche

vers moi. Dix secondes plus tard, Oscar s'était blotti contre nous, et encore dix secondes plus tard j'ai entendu sa respiration devenir de plus en plus profonde et régulière. J'ai éteint la lampe de chevet mais, dès qu'il a fait noir, je n'ai pas pu m'empêcher de penser à mille choses, par exemple que pendant des années je m'étais vengé des fruits de mer pour rien, et j'ai eu un pincement au cœur. J'ai rallumé la lampe de chevet.

– Oscar ?

– Qu'est-ce qu'il y a encore ?

– Je crois que je me sens mélancomique.

– On dit mélancolique, a-t-il marmonné dans sa barbe. Et maintenant éteins la lumière et dors.

MÉLANCOLIE : *tristesse sans raison. Les Grecs l'ont découverte en regardant par hasard l'intérieur d'un organe qui s'appelle la bile, où ils n'ont trouvé que du noir et du sombre. C'est donc un peu comme un frigidaire vide avec l'éclairage cassé, ce qui est quand même un des spectacles les plus tristes du monde.*

Porsche a émis entre nous un minuscule couinement. Il rêvait sûrement de l'affreuse Ellie. Il aurait dû être content d'en être débarrassé, mais elle lui manquait sans doute, même si elle avait toujours été méchante avec lui. Il ne connaissait rien d'autre. J'ai mis une main sur sa fourrure chaude pour qu'il sente qu'il n'était pas seul. Oscar émettait de petits ronflements, sans doute par protestation, alors j'ai éteint la lumière, j'ai tendu mon autre main et je lui ai caressé la tête.

Quand j'ai regardé le plafond de la chambre, je n'ai vu que du noir, mais c'était normal puisque je vivais dans un monde impénétrable, plein d'énigmes et de secrets. Je pensais au brave M. van Scherten, qui était dans son lit d'hôpital à cent mètres de nous. Les bronches contractées, ça fait quoi ? J'ai pensé aussi à la pierre d'élevage de Fitzke et à sa dispute avec la petite-fille de Mlle Bonhöfer. Pourquoi ils s'étaient disputés ? J'ai pensé à Mele avec ses lèvres maquillées dans la cage d'escalier. Dans combien de temps pourrait-elle embrasser un garçon par amour et non pas seulement parce qu'il était devenu un peu célèbre ? Et combien de temps devrais-je attendre, moi, pour qu'une fille m'embrasse, maintenant que Julia était partie et ne reviendrait probablement pas ? Pourquoi est-ce que les gens se fuyaient les uns les autres – juste parce que l'un était méchant, comme mon papa, et que l'autre ne savait pas s'en sortir autrement, comme ma maman ? Parce qu'ils ne pouvaient aimer personne, comme la maman d'Oscar, ou parce qu'ils avaient besoin de distance, comme son papa ?

Si j'avais besoin d'une boîte-tortue pour tous les secrets du monde, pour tout ce que je ne comprends pas, ce ne serait plus un joli monde. Évidemment, il y aura toujours des choses que je ne comprends pas. Mais si je les mets dans ma boîte, je ne fais que les écarter. Elles sont invisibles, mais toujours là. C'est nettement mieux de les exposer tout de suite sur l'étagère. Comme ça, je peux les regarder régulièrement et, avec un peu de chance, d'histoire en histoire, l'une ou l'autre énigme se résoudra peut-être toute seule.

Pour toutes les autres, j'ai Oscar et Porsche, maintenant.

Table des matières

Andreas Steinhöfel

L'auteur

Andreas Steinhöfel est né en 1962 à Battenberg, en Allemagne. Auteur de plusieurs livres pour enfants et adolescents encensés par la critique, il est également traducteur, auteur de pièces pour la radio et la télévision, éditeur de bandes dessinées et chroniqueur littéraire. Andreas Steinhöfel habite à Berlin dans la même rue que ses héros.
Mystère et rigatoni, premier volume d'une trilogie mettant en scène Rico et son ami Oscar a été largement salué par la critique et a reçu de nombreux prix dont le Grand prix du livre pour enfants.

Du même auteur chez Gallimard Jeunesse

FOLIO JUNIOR
Rico & Oscar
1. *Mystère et rigatoni*, n° 1623

GRAND FORMAT LITTÉRATURE
Rico & Oscar
1. *Mystère et rigatoni*
2. *Mystère et boules de loto*
3. *Mystère et pierres précieuses*

Découvre la suite des aventures
de **Rico & Oscar** :

---

3. Mystère et pierres précieuses

(Disponible en Grand format)

Extrait du premier chapitre

Vendredi
Un W au milieu

Il était une fois un homme qui avait trois noms. Le premier commençait par G, le deuxième par W et le dernier par F. Je connaissais le premier et le dernier noms. Mais je n'avais jamais vu le W du milieu. J'ai regardé maman qui me tenait par la main, un peu trop fort et les doigts tout en sueur.

– Qu'est-ce que ça veut dire ? ai-je murmuré.

– Ça quoi ?

– Le W au milieu.

– Aucune idée, a-t-elle dit en haussant les épaules.

Elle a serré ma main encore plus fort. Depuis qu'on était là, dehors, des nuages de plus en plus noirs s'accumulaient au-dessus de nos têtes. Ça rendait maman nerveuse. En général, une accumulation aussi noire se termine par un orage, or maman n'était pas habillée pour un orage.

Ni pour un enterrement, d'ailleurs.

J'ai regardé, au-delà des tombes grises et des fleurs de printemps, la pente descendant vers le haut mur de briques qui sépare le cimetière de Luisenstadt de la rue Bergmann. Quelque part derrière ce mur, Irina attendait dans son bolide pour conduire maman et Ermann à l'aéroport de Schönefeld juste après l'enterrement. Une semaine de vacances à la Pentecôte. Offre spéciale. Sept jours à se bécoter au Sri Lanka, sans enfants. Ce Sri Lanka est une île pleine de palmiers du côté de l'Inde, avec serviettes et boissons gratuites de dix-huit à vingt-deux heures.

Sans enfants, c'était pour moi.

– Mauvais timing, avait soupiré maman en apprenant la date de l'enterrement. Comme si je n'étais pas assez débordée comme ça !

Quand elle serait rentrée de sa semaine de bécotage avec Ermann, elle allait ouvrir sa nouvelle boutique avec Irina. L'ouverture aurait dû avoir lieu depuis deux semaines, en fait, mais les artisans n'avançaient pas. Et maintenant, chaque jour de plus que duraient les travaux coûtait un paquet d'argent. Maman aurait bien aimé surveiller personnellement les artisans qui faisaient une belle vitrine toute neuve, mais ça l'aurait obligée à renoncer à ses vacances en amoureux, car on ne pouvait plus changer la date, et en plus l'argent aurait été perdu.

Et voilà que l'enterrement tombait pile le jour du départ.

– C'est vraiment un foutu mauvais timing !

Maman a encore poussé un soupir, puis elle m'a embrassé sur le bout du nez.

– C'est pas grave, mon trésor, on t'accompagne quand même à l'enterrement.

L'excitation la faisait tellement transpirer que sa robe d'été vert vif lui collait au corps comme une seconde peau. C'était une robe hyper courte. Tout à l'heure, dans la chapelle, le pasteur avait d'abord regardé ses jambes, puis maman, et il avait eu l'air de trouver qu'elle était un peu fêlée de se montrer ici dans cet accoutrement.

Deux heures plus tôt, alors qu'elle se rasait les jambes dans la salle de bains et qu'elle se mettait sur les orteils des petits autocollants avec des coquillages dessus, elle avait dit :

– Je sais, ce n'est pas la bonne tenue pour un enterrement. Mais il est hors de question que je débarque en robe noire au Sri Lanka, par trente-cinq degrés à l'ombre. Non merci !

Elle n'avait pas envie de devoir rouvrir toutes les valises et de se changer à l'aéroport. D'autant plus qu'elle avait déjà passé des heures à se préparer le matin. Elle avait emporté sa veste tricotée au cas où il ferait froid dans l'avion, mais c'était tout. Si elle devait repartir de zéro dans les toilettes de l'aéroport, elle raterait l'avion.

Ermann, lui, s'était moins cassé la tête. Il portait un costume d'été chic en tissu gris clair avec une chemise blanche en dessous, et des lunettes de soleil hyper cool. Sa main était posée sur mon épaule. Je la sentais à peine tellement elle était légère, mais j'étais content qu'elle soit là. Les enterrements, ce n'est pas mon truc. Le trou profond qu'on avait creusé dans la terre me faisait peur. Il était beaucoup trop sombre, le cercueil en bas paraissait beaucoup trop petit, et je n'aime pas être dans un endroit étroit.

J'ai tendu le cou. Il n'y avait toujours personne à l'entrée du cimetière. Si Oscar et Lars ne se dépêchaient pas un peu, ils allaient tout rater. Lars avait sans doute encore roupillé jusqu'à midi et Oscar n'arrivait pas à le sortir du lit, ou alors Lars avait juste regardé par la fenêtre après le petit déjeuner et il était en crise parce qu'il y avait soit pas assez soit trop de soleil, parce que tel nuage n'avait pas la bonne forme pour un vendredi, ou parce qu'il trouvait que les beaux arbres qui pèlent devant la fenêtre n'étaient pas encore assez verts pour le début du mois de juin. Le papa d'Oscar a vraiment un grain, c'est sûr. Parfois, je me demande si maman a eu une bonne idée en proposant notre ancien appartement à un débile pareil, même si c'est évidemment super qu'Oscar habite dans le même immeuble que moi.

Le pasteur aussi avait l'air de les attendre, tous les deux. Je ne l'écoutais pas vraiment, tellement j'avais peur du trou et aussi à cause de la compassion et tout ça. Mais son oraison funèbre a commencé à s'épuiser car il s'est mis à raconter ses dernières vacances, quand il était parti marcher avec un bâton dans une obscure vallée. Tant pis pour lui. Il aurait aussi pu aller au Sri Lanka, où le soleil brille en permanence, avec boissons et serviettes gratis.

J'ai à nouveau tendu le cou.

Nitchevo.

Aucun Oscar et aucun Lars en vue.

Nitchevo, c'est du russe et ça veut dire « rien ». C'est déjà le sixième mot de russe que j'ai appris. Irina trouve qu'un jour je devrais pouvoir les remplacer, elle ou maman, dans la boutique, et comme elle veut attirer beaucoup de clientes russes il faut que je connaisse un peu la langue. Mes autres mots en russe sont : « oui, non, merci et dehors ! »

Le ciel grondait au-dessus de nos têtes. Le vent s'est levé. Il effleurait les tombes et les fleurs, traversait les arbres. Les cheveux blonds de maman voletaient autour de son visage. J'ai regardé le cercueil tristement. Si ça continuait, il allait bientôt se mettre à pleuvoir et la tombe se remplirait d'eau jusqu'en haut et déborderait, et nous on serait là avec les pieds mouillés à regarder le cercueil qui flotterait en direction du canal de Landwehr.

De l'autre côté de la tombe, il y avait van Scherten et Mme Dahling, en tenue de deuil. Cela m'aurait un peu consolé qu'ils se tiennent par la main, tous les deux, car depuis l'été dernier, m'avait raconté Mme Dahling, elle avait un petit faible pour van Scherten. Mais *nitchevo*. Pour une raison quelconque, van

Scherten faisait des manières. Ça avait peut-être quelque chose à voir avec sa chère et tendre Hannah. Elle aussi était enterrée là, dans un autre coin de cet immense cimetière, justement le coin que van Scherten peut voir de chez lui. Peut-être que pour être amoureux il lui faut une plus grande distance de sécurité.

Du 93 était venu, en plus de maman, moi, Ermann et Mme Dahling, seulement Mommsen. Il regardait le bout de ses chaussures usagées par-delà son gros ventre, tout en se grattant le nez, puis il a croisé les mains et jeté un œil sur l'inscription qui figurait sur la croix en bois toute simple, au fond du trou profond et noir.

GUSTAV W. FITZKE

Mommsen savait peut-être ce que signifiait le W. Il était le seul dans l'immeuble qui s'entendait à peu près avec Fitzke, sans doute parce que ses vacheries ne lui faisaient pas grand-chose quand il était pompette. À l'exception de lui et de Mme Dahling et bien sûr de maman et moi, les habitants du 93 ne trouvaient pas la mort de Fitzke très grave, surtout les R.-B et les Kessler. M. Runge-Blawetzky avait toujours eu peur que Fitzke fasse brûler des œufs sur le plat et mette le feu à la baraque, parce que l'appartement des Runge-Blawetzky, sous les toits, aurait tout de suite flambé. Et Mme Kessler avait dit que Fitzke ne lui manquerait sûrement pas parce que sa perpétuelle puanteur avait provoqué des troubles de croissance chez ses doubles jumeaux.

Mais moi, Fitzke et sa puanteur allaient me manquer.

Un oiseau s'est mis à gazouiller dans l'un des nombreux arbres et c'était si joli qu'on aurait dit que la mort n'existait pas en ce monde, ni les enterrements et les sombres orages. Mommsen a reniflé discrètement et levé le nez. Mme Dahling s'est rapprochée d'un tout petit millimètre de van Scherten.

Maman a serré ma main un peu plus fort. Je me suis senti très solennel et j'ai dit « au revoir » tout doucement. Les premières gouttes de pluie sont tombées du ciel, le pasteur a marmonné : « car tu es poussière et tu retourneras à la poussière, Amen », puis j'ai fait une promesse silencieuse à Gustav W. Fitzke : que je ferais tout pour garder fidèlement son héritage, comme il m'en avait chargé dans sa dernière volonté.

C'était Oscar et moi qui avions trouvé le cadavre, le lundi d'avant. Oscar était venu me chercher au centre de soutien et on était les premiers enfants de l'immeuble à rentrer de l'école. Heureusement, sinon le gros Thorben des Runge-Blawetzky se serait sûrement pris les pieds dans le cadavre en montant au cinquième, ou même il aurait fait exprès de marcher dessus.

Fitzke était notre tout premier mort, c'est pour ça qu'on était un peu excités. Il était couché sur le côté, les jambes pliées, devant la porte fermée de son appartement du quatrième, dans son vieux pyjama bleu marine à rayures grises. Les yeux fermés. C'était déjà ça. J'aurais sûrement eu la trouille si son cadavre m'avait regardé fixement.

RIGIDITÉ CADAVÉRIQUE : *quand quelqu'un meurt à l'improviste, si soudainement qu'il n'arrive même plus à fermer les yeux, et donc il te regarde fixement. Des heures, des heures et des heures. C'est très inquiétant, même si on n'est pas du tout responsable de cet improviste et de cette soudaineté.*

On a posé nos sacs à dos. On aurait dit que Fitzke avait rampé par terre pour chercher quelque chose. Peut-être qu'il avait fait tomber la clef de son appartement. Il la tenait dans une main crispée, et j'ai tout de suite compris qu'il n'y avait plus de vie en lui.

– Ça a donc fini par arriver, a murmuré Oscar.

Il s'est agenouillé devant Fitzke et a mis deux doigts sur son cou pour tâter le pouls, comme le font les gens à la télévision. La main ridée de Fitzke était bleuâtre, par contre son visage mal rasé était plutôt jaunâtre. Oscar a attendu un moment. Puis il a secoué la tête.

– Le cœur ? ai-je demandé.

– Sûrement.

Fitzke avait un problème cardiaque depuis l'enfance.

Il prenait des pilules pour ça, qu'il gardait dans sa salle de bains. Pourquoi est-ce qu'il ne les avait pas tout le temps avec lui puisqu'il savait comment son cœur pouvait s'emballer ?

Je me suis agenouillé aussi et lui ai tapoté l'épaule. On ne sait jamais. Dans les films d'horreur, parfois, le cadavre se redresse et en une seconde il vous a déjà mordu l'oreille et on ne la récupère pas parce que le cadavre l'avale goulûment, comme si c'était un délicieux bretzel. Mais Fitzke ne s'est pas relevé d'un bond. J'ai regardé son visage jaunâtre. Raide mort en tout cas. Il n'aurait jamais eu l'air aussi paisible s'il avait été vivant, même un tout petit peu.

– Est-ce qu'il faut appeler une ambulance ? ai-je demandé.

– Non, a dit Oscar en secouant la tête. Il est mort, qu'est-ce que tu veux qu'ils fassent ? Je pense qu'il faut prévenir la police.

Le papier de cet ouvrage est composé de fibres naturelles,
renouvelables, recyclables et fabriquées à partir de bois
provenant de forêts gérées durablement.

Mise en pages : Maryline Gatepaille

Loi n° 49-956 du 16 juillet 1949
sur les publications destinées à la jeunesse
ISBN : 978-2-07-063450-7
Numéro d'édition : 176054
Dépôt légal : avril 2014

Imprimé en Espagne par Novoprint (Barcelone)